“一带一路”大型系列丛书

总策划　戴佩丽
主　编　孙春光

新疆是个好地方
西部生命的变奏

吴连增◎著

中央民族大学出版社
China Minzu University Press

图书在版编目（CIP）数据

西部生命的变奏 / 吴连增著 . —北京：中央民族大学出版社，2021.4（2022. 7重印）
（“一带一路”大型系列丛书 . 新疆是个好地方 . 第三辑）
ISBN 978-7-5660-1900-4

Ⅰ. ①西… Ⅱ. ①吴… Ⅲ. ①报告文学—作品集—中国—当代 Ⅳ. ①I25

中国版本图书馆 CIP 数据核字（2021）第 025559 号

西部生命的变奏

著　　者　吴连增
责任编辑　戴佩丽
责任校对　肖俊俊
封面设计　舒刚卫
出版发行　中央民族大学出版社
　　　　　北京市海淀区中关村南大街 27 号　　邮编：100081
　　　　　电话：（010）68472815（发行部）　传真：（010）68933757（发行部）
　　　　　　　　（010）68932218（总编室）　　　　（010）68932447（办公室）
经 销 者　全国各地新华书店
印 刷 厂　北京鑫宇图源印刷科技有限公司
开　　本　787 × 1092　1/16　印张：12.25
字　　数　161 千字
版　　次　2021 年 4 月第 1 版　2022 年 7 月第 2 次印刷
书　　号　ISBN 978-7-5660-1900-4
定　　价　49.00 元

目 录

"一带一路"大型系列丛书
——新疆是个好地方

西部生命的变奏

生命，既有雄浑美妙的乐章，又有令人凄楚不安的咏叹。

引子

中国西部的新疆一向被人们视为神奇的世界。

神乎奇乎，不仅因为那里3亿年前曾经出现过的“海西运动”和后来发生的“喜马拉雅造山运动”，使曾是碧波无垠的大海的新疆演变成为具有独特自然景观的大陆，而且还因为这块大陆地处欧亚的腹地，古往今来的东西文化在这里交融、荟萃，由此造成了纷繁的历史现象以及多彩多姿的民俗风情。

当今，国内外游客不畏严寒酷暑，沿古丝道纷至沓来，睁大双眼，探奇寻古，追踪历史，如入宝库。这或许就是中国西部的魅力之所在了。

近日偶读《展望二十一世纪》这本书，有几句话颇感新奇。这是一本英国著名历史学家汤因比博士与日本文化界著名人士、社会活动家池田大作先生关于人类社会与当代世界问题的极有意思的对话录。而池田大作在他的“中文版序言”中却记述了这样一件事：

……我曾经问过博士本人：“您希望出生在哪个国家？”他面带笑容地回答说，他希望生在“公元一世纪佛教已传入时的中国新疆”。回忆那时博士的音容笑貌仍感亲切异常。

真是太奇妙了！两位哲人居然天真得像个孩童，如此突如其来，又如此坦诚直率。实在大出意料之外。是随心所欲的调侃，还是故作惊人之语？作为历史博士的汤因比先生当时虽已年高八十有五，但头脑异常清晰。我相信他是真诚的。我反复咀嚼着他的那番话中的滋味。

众所周知，随着张骞和班超父子通使西域的成功，随着佛教的传入，丝绸之路出现了空前的繁华景象。“驿站上往来的使者，每时每刻不断；东来西往的商贩每天进出于边关。”尽管历史学家只是粗线条地勾勒出这壮美的图画，但人们似乎不难听到它的画外音，那便是各种文化的交汇，各色人种的混杂，使新疆变成了世界文化、世界人种的荟萃之地。这种为人们所始料不及的物种人种的交流，让世界变得斑斓多彩，成为世界历史上极其辉煌的一页。

生活在20世纪的汤因比先生对1世纪的新疆心向往之，也许不是没有道理的。

历史的轮子旋转了两千多年，古丝道的山山水水依然故我。那些为万年冰雪覆盖的峰峦，好像历史老人的头颅，固执地凝视着我们，逼迫着我们去思考世界，思考人类自己。如今，在中国西部这块古老而又新鲜、富饶而又贫穷，充满生命活力而又封闭得令人窒息的土地上，除了神奇之外，你还发现了什么呢？

一、杂交优势面面观

植物世界的启示

从1865年孟德尔在布隆修道院的小花园里成功地进行了豌豆杂交实验，揭示了生物遗传规律，“杂交”这个词儿便为愈来愈多的人所熟知了。动植物杂交，包括品种间杂交和远缘杂交，不知选育出多少抗病高产的优良品种，为人类创造了多少物质财富。人类从不拒绝能够造福于自己的一切科学手段。不管是人工诱变，还是基因工程技术的应用、人体细胞遗传的发展，都是人类对生命世界的发现。

若是在一个美好的季节里，漫步于乌鲁木齐的街头，抑或是偏于一隅的边陲小镇，你都会陶醉于瓜山果海的盛景之中。新疆瓜果的种类之多，品质之佳，味道之美，恐为世界所罕见。精河、下野地、蔡家湖的西瓜甘甜爽口；鄯善、伽师的甜瓜细脆芳香，甜如蜜糖；吐鲁番的无核白、马奶子葡萄，库尔勒的香梨，阿图什的无花果，喀什的石榴，更是早已闻名遐迩的果之骄子。只要品尝一下这些瓜果，便觉得西部大地是何等可爱。

如果走进菜市场，你还会为新疆的菜之丰之佳而惊叹不已。这里，南蔬北菜样样俱全，内地有的，这里都有；内地没有的，这里也有。尤其让域外人百思不得其解的是，干旱少雨的西部大地何以生产出优于内地的蔬菜？茄子状如葫芦，三四个辣椒就是一斤，黄瓜又长又嫩，豇豆肉厚籽小，亩产三四吨。番茄更是出类拔萃，居世界之冠。日本、美国、东南亚和港澳地区的客商对新疆的番茄酱垂涎欲滴，争相购买。尤其是库尔勒的番茄酱，每年年初都被外商订购一空。据化验，这种番茄酱每百克中含有红色素45—55毫克；而一个成年人每天只要吃20克这种富含红色素的番茄酱，即使不再吃其他含维生素的食品也不会导致营养缺乏。据日本东食公司提供的消息说，把库尔勒番茄酱加以稀释做成的沙司，比其他地区未稀释的还要好。

新疆的瓜果蔬菜如此之佳，其奥秘何在？除了降雨量少而光照时间长、日夜温差大等得天独厚的自然条件外，还有没有别的因素呢？对此，笔者曾向一些专家、学者讨教。他们的回答颇有一点新鲜意味。

“丝绸之路的凿通，熙来攘往的人们不仅带来了各自的文化和科学技术，也带来了他们的种植业和作物良种。这种传递时断时续，一直延续至今。适者生存，优中选萃，西部大地便成了一个天然的良种试验场。”

其实，这种事就发生在我们身边。探亲的、出差的，他们从自己的故乡带来了各种各样的种子，一传十，十传百，或推而广之，或取其所长，渐渐成为西部良种。我的岳母，一个普普通通的农村妇女，她多次往返于燕山与天山之间，每次她把自己喜爱的甜菜、洋芋种子带回家乡，又从家乡带来辣椒、茄子、豆类的种子。

这种交流更早始于何年何代，已经无法说得准确。张骞、班超自不必说，历代的使者、商贾、移民们恐怕都是良种的传播者。

不过，再好的良种只要一成不变地延续下去，也会发生变异和退化。这种生命现象早已为遗传学家的实验所证明。只是它常常不被一般人所察觉，或察而觉之，却不知个中奥妙，只得听天由命。

曾经红火一时的西瓜新品种"红优二号"，为何在今天的市场上备受冷落？扬名四海的吐鲁番无核白葡萄为何在近年来的出口交易中每况愈下？原因是品种退化、品质下降。

难忘石河子农学院园林系的几位教授接受我的采访时显露出的那种不安。品种退化牵动着他们的神经，激发了他们的责任感。眼下，他们正在同有关单位协作，力图挽救优良品种，提纯复壮，更新换代。

走进小小的实验室，那琳琅满目的试管正在培育各种良种。生物细胞工程、基因工程在这里得到实际应用。为了克服无核白颗粒脱落的缺陷，他们准备以果刷长的葡萄作亲本进行杂交，培育出耐贮运的无核白。这个过程是漫长而复杂的，但新的一代杂交种必然优于它的双亲。

年过半百的女教授乐锦华对我说，生物界普遍存在着杂交优势。这种利用杂交优势培育新品种的方法，国外已普遍应用于生产实践，而菜和瓜类几乎全部实现了杂种化。但我们的一科研单位往往只注重引种推广，而忽视杂交育种，这是一种急功近利的短期行为，迟早会受到惩罚的。

她的案头上摆着一份打瓜（籽用西瓜）新品种的育种计划。那是她从美国进修归来之后同育种组共同商定的课题。新疆的打瓜生产潜力很大，年产打瓜子10万吨以上，产值近4亿元，是新疆出口创汇的"王牌"产品。

但因种子来源于外地、严重退化，直接影响了打瓜生产的持续发展。女教授深感焦虑，决心培育自己的打瓜品种，实现优质丰产，让打瓜子牢固地占领国内外市场。

在新疆农科院园艺所，科研人员与郊区农民共同选育的番茄一代杂种“园红1、2号”和“新番1、2号”，引起我们的极大兴趣。那圆形的、扁圆形的，红色的、粉红色的果实，个个剔透晶莹，闪着迷人的光泽。一张张彩色图片透着浓重的象征意味。那是他们心血的结晶。从20世纪50年代到70年代，新疆的番茄大都是引种而来的，从内地，从苏联、美国、日本…… 抗逆性差，坐果率低。到70年代中期，他们才开始培育自己的新品种，引进抗病基因，发挥杂交优势。“园红1号”就是以日本的番茄作母本，以美国的作父本，取了各自的优点，杂交育成的新一代品种。它抗逆性强，耐贮运，稳产高产，亩产最高可达1.2万公斤。

我访问了这个科研项目的主持人，她叫田淑萍，副研究员，1985年毕业于河北农大。30多年来一直从事育种研究，或埋头于实验室，或奔波于试验田。如今已经做了奶奶的老田，仍然壮心不已，不肯离开育种领域。她说杂交育种很有意思，她愿把自己的一生献给育种事业，让西部成为良种世界。

拓荒者的后代

生物遗传是一种极其复杂的生命现象，作为生物属性与社会属性并存的人类，在遗传中更呈现出扑朔迷离的景观。

30多年前，当我和成千上万的年轻朋友踏上西行的列车，西出阳关，加入西部大开发的行列，直到在荒原上扎下营盘，我们还不曾意识到，我们已经成为真正的西部人了。而今，岁月无情地在我们的脸上犁出了道道沟壑，两鬓悄然地灰白起来。“爷爷”“奶奶”的呼唤声终于使我们猛醒，第三代西部人已经爬上了我们的肩头。

那些先于我们而来的“老新疆”，包括难以计数的流亡者、谋生者、服刑者，他们已无法说清在这儿繁育了多少代。即使是1949年挺进新疆的解放军将士们，他们的孙辈也大都是堂堂中学生了。

十分有趣的是，我们从这些拓荒者后代的身上，看到了一种很奇妙的现象：他们不仅有着高于他们前辈的身材，而且健美的体魄、英俊的面孔，也远远优于他们的前辈。无论在乌鲁木齐，还是在沙漠边缘的农场，抑或是气候干燥的小镇，都会发现一种在其他省市难以看到的优势。挺拔帅气的男子汉，浑身透着阳刚之气；一米七以下的男子便自视"半残疾"，走路不愿抬头。而那些亭亭玉立、洋溢着现代气质的姑娘，更是随处可见。她们身高大都不下一米六五。白皙的脸蛋，标致的体型，典雅的仪态，常常令内地姑娘钦羡不已，自惭形秽。

一些到新疆采风的作家、艺术家谈及新疆的年轻一代，无不感慨万端，好像连形容词都不够用似的。有一位足迹遍布全国的作家朋友，刚进乌鲁木齐，就被新疆姑娘的魅力所征服。他漫步街头巷尾，流连忘返，最后的评价是："五岳归来不看山，泰山归来不看岳——盖啦！"

这或许是由于他过于偏爱，但新疆的年轻人的确蕴含着一种独特之美。每年不知有多少新疆姑娘踏入内地的艺术团体、高级宾馆和民航的大门，成为理想的模特、演员、高级服务员和空中小姐。仅从这几个窗口看一看，就可知新疆的年轻人具有何等的魅力。

然而，美自何来？灼人的热浪？逼人的风沙？还是袭人的风雪？世界上离海洋最遥远的西部，典型的大陆性气候，难道是育美之地吗？

这确乎是个不解之谜，又确乎是个值得探讨值得玩味的问题。

除了文化、经济环境诸多方面的原因之外，其中一个重要因素——西部人的血管里流淌着的血液是混合型的，是一种方方面面的融合和交互。历史从蒙昧走向文明的每一步都证明人类正是在频繁的流动和交往中创造着生命的活水，显示着生命的顽强。西部人的后代也许就是由于他们前辈的远缘婚配而显示了一种令人喜悦的优势。

医学遗传学家提供的资料已经证明，同省与异省婚配所生子女，其形态发育有着明显的差别。据广东省湛江市对六所幼儿园的565名5—6.5岁的儿童形态发育（包括身高、体重、头、胸）的调查，在同样环境和营养条件下，异省婚配的子女普遍优于同省婚配的子女。

国外也有这方面的例证。1958年对瑞士地区某村庄同村（系）和异村（系）婚配的子女的身体测量发现，异系婚配群成年子女的平均身高较同系婚配的高1.81—2.3厘米。

只可惜中国人的异省婚配率太低。像湛江市这样的沿海地区的开放城市，仅仅达到10.9%。而日本的中等城市的异省婚配率平均达到41.8%。这种悬殊是否也显示了某种不同的文明程度呢？

新疆自古以来就是人口频繁流动的移民区，具有异省婚配的优越条件，但所占比例有多大，却无人做过调查。假如把生产建设兵团的百万职工作为一个群体看待，它的异省婚配率可能居全国之首。29个省市自治区的人都可以在这个群体中触摸他们祖先的血脉，但又很难找到纯而又纯的原籍人。相当多的职工家庭都是一个习俗不同、语言各异的小群体。山东“大葱”，湖南“辣子”，山西“醋罐”，甘肃“洋芋”……各种味道交织在一起，又滋生了新的嗜好。上海“鸭子”，湖北“侉子”，河北“老坦儿”，新疆“白坎儿”（当地方言，意为白白的，无用的。）……南腔北调，各有韵味。但他们的后代大都操着标准的国家通用语言。假如是两个不同民族组成的家庭，那更有意思了，各种语言交替使用，简直像唱歌一样优美动听。这种奇特的现象常使语言学家瞠目结舌。

在现代优生学看来，遗传上的相似个体的混杂，将给人类带来难以预料的好处。一个地区异省（包括不同民族）婚配的比率愈高，愈有利于人口素质的提高。这方面的例子俯拾即是。

且说石河子、奎屯、五家渠、阿拉尔……这些从戈壁荒原上拔地而起的绿洲新城，曾经震撼过多少人的心灵。人们讴歌它，赞美它，把它视

为人类改造自然的举世无双的典范。殊不知，在这场惊天动地的事业中，人类对自身的改造比之对自然的改造其意义更加深远，其成就更加辉煌。

正是这场与自然界的搏斗，为来自东西南北的拓荒者提供了一个共同营造新巢、缔造新世界的机遇。

他和她，素昧平生，却走进了一间窝棚；她和他，在创业中结识，也走进了一间泥屋。不问籍贯，也不管习俗。结合就是一切。于是，一个个新生命呱呱坠地了。连他们自己也不曾料到，两个小小的细胞凝成的竟是一个那么健壮那么聪明活泼的小天使。10年，20年，30年，随着白杨林带的形成，拓荒者的第二代，第三代，奇迹般地长成了参天大树，成为多血质的西部新生代。

只要看看这一茬人的形态发育和智商水平，便可知生产兵团的群体优势之所在了。

让我们先看看这个只有1.6万人的、地处梧桐林深处的农六师一〇三团吧。1984年以来，这个团场平均每年考入大学的中学毕业生都在75人以上。这几乎相当于一个拥有十几万甚至几十万人口的大县录取的人数。而且年年都有几只"金凤凰"挟着西部风沙闯进北大、清华、复旦、南开、中山等令多少考生垂涎欲滴的高等学府。进校时，他们的考分常常招来不屑一顾的目光，但两年之后，他们的成绩便让人刮目相看了。成为博士、研究生和取得硕士学位的学生也大有人在。

位于五家渠的农六师师部中学也是个藏龙卧虎之地。1977年以来，全校平均升学率50%以上，1984和1988两年均达到66%。校领导还向我们介绍了几个不同凡响的人物：

方尹——他不仅合并了父母双方的姓氏，还集中了各自的遗传基因：福建人的聪明与四川人的坚韧在他身上融为一体。恢复高考的第一年，正在上高二的他，便以优异成绩考取了新疆大学化学系。录取通知单攥在手里，他却不动声色。他觉得自己身上的潜力还远远没有使出来。又苦读一年，终于被中国科技大学安徽分校录取。毕业后赴美留学，在加利福尼亚某大学攻读博士研究生。成绩斐然，颇受器重。学习之外还兼任代课老师。

石音、石琴 —— 这对拥有汉族和俄罗斯族血统的兄妹，自幼跟随当音乐老师的父亲练习钢琴，分别于11岁、12岁双双考入每年只招一两名考生的中央音乐学院，成为大西北传颂一时的佳话。兄妹聪敏好学，德智体全面发展。石音6岁时即登台演奏，8岁应邀到新疆艺校表演，10岁参加《青年之声》音乐会，荣获优秀演员奖。一首难度很大的贝多芬的《月光奏鸣曲》，他演奏得十分出色，使主考老师欣喜异常，如获至宝。不过，那时他年幼贪玩，蕴藏在他身上的智慧并未得到充分发挥。直到入学一年多之后，经过老师的热情帮助，他的学习才有了长足进步，开始在班上崭露头角。1988年底，他代表中央音乐学院参加了即将在美国举行的国际钢琴选拔赛。他的主科老师和班主任对他寄予厚望，积极推荐他到国外深造。而温哥华音乐学院钢琴系主任李金星教授则亲口允诺收他作弟子。

他的妹妹石琴10岁时即参加全国少儿钢琴比赛，并荣获三等奖。她演奏的贝多芬《致爱丽丝》，既热情又细腻，成为比赛期间唯一引人注目的小新闻人物。入学后，她的主科老师说，石琴可能是他任教多年碰到的素质最好的一个学生。美国专家听了她的演奏也极为赞赏，诚恳地动员她以后一定赴美留学。

再以石河子为例。

天山脚下的这座小城，人口不过20万，连同周围的国有农场也不过四五十万人。但每年的八九月从这里跨入大学神殿的人数也是十分可观的，从1985年到1988年，即有4221人，其中考入重点大学的达1392人。

笔者还从教育局看到石河子中学生在全国和自治区举办的各种科目的竞赛中取得的名次。兹摘录如下：

1987年全国初中数学竞赛中，石河子中学获团体总分第二名。

全国高中数学竞赛中，石河子中学有25名中学生获奖，而新疆赛区的3个一等奖，皆为石河子中学生所得。在全国青少年无线电装机比赛中，石河子中学生分别获得一、二等奖。

自治区青少年计算机程序设计比赛，石河子中学生分获一、二、三等奖。

1988年全国初中数学竞赛，石河子中学不仅取得了一、二名，还有26人获个人奖，占新疆获奖总人数的51%。

第五届全国中学生物理竞赛，石河子中学获总成绩第二、三名。其中1人还代表新疆参加1990年元月在广州举行的第三试。

在国际性的小学数学奥林匹克邀请赛中，石河子也有1人荣获三等奖，是西北地区唯一的获奖者。

在众多的体育、音乐、美术、书法比赛中，石河子的青少年也显示了他们的超群出众的才华。不再一一细述了。

招收空姐的民航部门来了。石河子姑娘的个头、身段、容貌均无可挑剔，而密度之大，似可列全国之首。当几百个应试者纷至沓来，常常令主考人目不暇接，不忍割爱。录取线以上的姑娘实在太多了。

摄影家、美术家徜徉于新城街头，目光所及，美不胜收，常常流连忘返。够标准的模特比比皆是。

全国艺术院校每年招生，石河子常常是十来个考点中的一个。有意思的是，一个只有十几万人口的小城，录取的人数往往相当于几百万人口的省府城市。与关牧村合演《海上生明月》的男主角王星军、在《最后的疯狂》中扮演男主角的刘小宁，都是从石河子踏入艺术殿堂的。

呵，骄傲的绿洲城，骄傲的拓荒者的子孙！

二、生命世界的另一面

塔里木河波涛汹涌地流向罗布泊。高大而密集的芦苇丛中不时发出一两声惊天骇地的吼叫。接着是一阵暴风似的狂奔，一阵无可奈何的嘶鸣。

借着淡淡的月光，老猎人看清了：那落荒而逃的是一只黑色的野猪，而紧紧尾随在后的是一只稳操胜券的庞然大物，额头上刻着一个巨大的“王”字。

又一个猛扑，野猪被俘了。

好厉害的新疆虎！

这幅图画离我们并不遥远。80年前，英国探险家斯文·赫定还在那些注入罗布泊的河流三角洲地带多次见过老虎捕捉野猪的情景。据科学家考察，这之前新疆虎超过狼的数量。相传，居住在塔里木胡杨林深处的一位牧人，把捉来的老虎放在牛圈里饲养着，不幸被老虎咬伤身亡。可见新疆虎之多。到新中国成立前夕，新疆虎还偶有发现。

但是，随着罗布泊最后一滴水的消失，随着人类对自然界的进军，新疆虎赖以生存的最后一块栖息地丢失了。从此，再也不见新疆虎的踪影。

近年来，动物学家都在为我国的野生华南虎的减少（目前只有几十只）而焦虑不安，说下一个虎年有可能再也见不到华南虎了。外国朋友也为此深感忧虑。彼德·杰克逊在一篇题为《正在消失的中国的虎》的文章中哀叹道：“到本世纪末（20世纪），中国也许只有一张老虎皮了！”

抢救华南虎！全世界都在呼吁，都在寻求解救的途径。有人提出，通过与国外交换虎种，避免近亲繁殖，也许会使濒危的华南虎得以再生。

然而，我们的新疆虎呢？也许它已经绝种了。是什么原因使它的消亡如此之快？仅仅四五十年的时间呵！

在中国科学院新疆生土所，我访问了动物研究室主任谷景和教授。他说，物种既有很强的生命力，又有脆弱的一面。生存环境的破坏，逼迫它们四分五裂。因此，物种的数量和密度便失去平衡。到了繁殖期找不到配偶，只好近亲繁殖。而近亲繁殖的后果就是物种退化、个体变小，寿命缩短，发病率增高，直至灭亡。

他还告诉我，新疆野马群的消失也经历了这么一个过程。

中国在两千年前就有关于野马历史的记载。它们的足迹遍及长城以北的蒙古、甘肃和新疆的广大地区。远古时代，当新疆还为原始密林覆盖时，像狐狸般大小的始祖马（现代家马和蒙古野马的祖先）成群结队地奔跑在密林之中。后来，森林的面积越来越小，它们不得不到草原上生活，体格变大，而蹄子却由五趾变为三趾，到第三纪后期，才出现单趾的野马。它们是拉马克“用进废退”学说写照，因而被誉为动物界的“明星”。

如今，这明星却只存在于欧美各国的动物园和马戏团中了。全世界仅剩400多匹蒙古野马了。这是继20世纪末欧美野马相继灭绝，俄国探险家普热瓦尔斯基突然闯进新疆捕捉了一个野马的标本之后，欧美探险家闻讯纷纷赶来，于野马产驹季节在阿尔泰山以南的将军戈壁捕捉到的蒙古野马的八、九代后裔了。

100多年来，由于人工饲养，近亲繁殖，野马个体变小，生殖能力减弱，寿命缩短。面对日渐退化的野马，人们不能不为它们的命运担忧。20世纪60年代以来的几次有关野马保护的国际性会议一再呼吁中国参加调查和保护野马的国际合作事业。直到1986年12月25日，首批由欧洲返回故乡的11匹野马才进入了靠近卡拉麦里山自然保护区的新疆野马繁殖中心。

动物学家们将让这大自然的骄子在故乡的土地上自由驰骋，吸引可能存在的野马与之进行交配，使野马群重获生机。他们还计划用引进的野公马作父本，与哈萨克母马进行杂交，获得高大杂种，横向固定，以此来保护野马群。

从野生动物界出现的危机中，我们应当反省的东西太多了。人类不仅要认识自然界的规律，更应清醒地看到自己的痼疾和弱点，以便疗救。

三、燃烧的生命之火

那是一簇簇很不起眼的红柳林，叶细如柏，花似紫薇。它不像白杨那样挺拔、桑榆那样粗壮，却有松柏的坚韧。在那沙浪滚滚的大漠前沿，它是一名骁勇无畏的战士，任凭风狂沙涌，流沙盖顶，它也毫无惧色，不肯屈服。靠着特有的萌蘖性，它能从枝头再生出新的根须，继续保持着蓬勃的生机。沙漠中的旅者见此奇观，无不为之振奋，惊叹红柳生命的顽强。

红柳，古籍中称柽柳，原籍非洲，一千多万年前经地中海、中亚细亚迁居新疆。为了家族的兴旺，它们在茫茫瀚海中落地生根，对环境几乎无所求，只是把自己的根须尽力伸展开来向沙原深处索取微不足道的水分。而为了减少生命之水的损耗，它们不得不把自己的花叶卷缩起来，直至变成米粒大小的鳞状叶和球形花，真可谓惜水如金。

岂止是红柳，荒漠中所有的生命莫不如此。

被称为沙漠“苦行僧”的野生骆驼，指的是仍然活跃在中国西部最恶劣的环境中的双峰驼（单峰驼据说早已绝种）。在塔克拉玛干的腹地、在塔里木河干涸的古河道上，那几乎是生命的禁区，而野生驼就在那里不屈不挠地繁衍后代。它的血液具有抗脱水的特殊功能，20天不喝一口水，依然能迅跑如风驰电掣。只要吃一把盐土，一个月不吃草也饿不死。当风暴袭来时，它能凭着双重的眼睑和眉毛而自动关闭眼睛，凭着长有活动瓣膜的鼻孔阻挡和过滤沙粒。最有意思的是，和狼搏斗的时候，它能把胃里的食物和胃液一起喷射而出，直喷得对手晕头转向，落荒而逃。有时它还能把水喷出很远，造成一片水雾，瞬间又能把水收拢回去。这种神功实为生命世界所罕见。这或许就是野生驼能够生存下来的秘诀所在。

生物界的种种现象是如此的新奇而富有哲理意味。只要和专家们接触一下，便能获得许多有益的启示。

随着人类向大自然过分的索取而出现的生态失调，不少野生动物已经灭绝了，有的正濒临灭绝。但也有一些类似野生驼的动物仍然保持着旺盛的生命力。

比如黄羊，在广袤而荒凉的西部大地上，到处都有它们的身影，或三五成群，或浩浩荡荡，至今还是一个大家族，一个具有强大优势的群体。

专家们说，这要感谢它的天敌——狼。

嗜血成性的狼无时无刻不在窥视着黄羊的行踪，一旦瞅准机会，它们就会向黄羊发起突然袭击，穷追不舍。这种时候，成为狼的俘虏的，常常是那些老弱病残，是那些反应迟钝、奔跑速度较慢的弱者。月复月，年复年，经过循环往复的淘汰，黄羊群中便只剩下那些精英在繁殖了。他们的后代之强健有力，自然可想而知。据说，生下几小时的黄羊就能随妈妈迅跑，三五天之后已能奔驰如飞，同汽车赛跑。

没有狼的威胁，黄羊就有退化直到灭亡的危险。这绝不是危言耸听。不久前，有位来自乌鲁木齐南山牧场的老牧民讲了这样一件怪事：面对着优良的牧草，那里的羊开始厌食。原因是经过多年的打狼除害运动，羊的天敌已不复存在了。它们无忧无虑，饱食终日，变得慵懒而惰性十足，故食欲日益减退。老牧民为此感慨不已，他甚至对前些年那种打狼奖羊的做法也产生了怀疑。他渴望尽快找到一种办法，引几只狼到牧场来。

这似乎有点荒唐可笑。但它确已成为困扰牧民的一桩心事了。而人类从这荒唐之中又该引出何种启示呢?

植物无言，动物无语。但世界万物都逃脱不了“适者生存”“优胜劣汰”的规律。

题外闲话

一曲变奏到这儿戛然而止的时候，我才仿佛意识到，面对苍茫的西部世界，我仅仅掀开了帷幕的一角。

我想赞美生命，而生命又向我们诉说了什么呢?

说不清是哪根神经驱动我漫步于西部这个多棱体的生命世界。踏过林木繁茂和荆棘丛生的土地之后，竟然妄发感慨。世界万物都依自己的轨迹在运动、在发展，生老病死，兴衰枯荣，向来如此，人类不是繁衍至今，生活得很好，各得其乐吗?

专家、学者们却时时处在忧虑之中。他们艰难跋涉于生命世界的深处，苦苦探寻着人类生存的奥秘，喋喋不休地向我们诉说着警世真谛。

当他们得知我在撰写这篇类似生命考察式的报告时，便都放下案头的工作，慷慨地拿出他们用心血和智慧换来的成果，给我解开一个个不解之谜。有的甚至在我辞别之后，还把当时没有来得及面叙的所见所思，写信告诉了我。

感动之余，我不能不沉静下来，深而思之，把生命万花筒呈现给我们的那些令人激奋、令人反省的种种景象如实记录下来。即使是那些枯燥乏味的数字，我也不忍割舍。

珍重自己，珍重未来吧!

彩虹，从他们脚下升起

从乌鲁木齐到阿拉山口的北疆铁路是连接太平洋与大西洋的欧亚大陆桥的最后一环。假如把它喻为中国西部大地上的一条彩色长虹，那么北疆铁路的筑路健儿，便是搭起这条长虹的奠基者和主力军。

历史不会忘记他们

汽车沿着乌伊公路西进，北疆铁路一直伴我而行。它们像两条时而缠绕、时而分开的飘带在眼前拂动着。突然，一声嘶鸣，但见长龙般的列车风驰电掣而来，只觉得北疆大地多了几分色彩，几分雄姿。

汽车把人们摇进了梦乡，我却毫无倦意。望着南面的天山山脉绵延起伏的山峦，我想起了边塞诗人笔下的天山路，“天山雪后海风寒，横笛遍吹行路难”，“今夜不知何处宿，平沙万里绝人烟”。我仿佛看到蠕动在丛山幽谷中的马帮，仿佛听到从沙漠深处传来的阵阵驼铃。而我们脚下的这条道路就是当年通往里海沿岸诸国的丝绸之路北道。

那时，当人们乘着缓步而行的沙漠之舟，做着苦行僧般的旅行时，何曾不想结束那种晓行夜宿、九死一生的漫漫险途？可是年复一年，一代一代，直到雄鸡一唱天下白，这条道路并无多大改变。20世纪50年代初，虽然有了公路，但每一次出差，旅行仍被视为畏途。

如今，30多年后的今天，北疆公路畅通无阻了，不仅有了高速公路，铁路也步步向西挺进，并将在20世纪90年代的第一个年头与苏联铁路接轨，构成横贯欧亚的大动脉。

时间、距离的缩短，一下子改变了人们的观念，地球真的变小了。和整个世界前进的步子相比，这一天也许有点姗姗来迟，但比起古丝道的变化，的确够得上一天等于二十年的速度了。

亲爱的朋友，当您乘坐着舒适的列车漫游在北疆大地的时候，可曾想到我们的国家为此付出了多么惊人的代价，可曾知道成千上万的铺路人付出了多少艰辛！

1985年5月1日，当北疆铁路开工之后，筑路大军便在茫茫荒原上摆开战场，他们像一股锐不可当的铁流，滚滚西去。

在这支浩浩荡荡的筑路大军中，人们不会忘记新疆生产建设兵团工一师这支披荆斩棘的开路先锋。在开发建设边疆的斗争中，他们总是最先出现在那些杳无人迹的地方。兰新铁路通过的百里风区，南疆铁路跨越的崇山峻岭，以及横穿天山的一条条公路，一批批大中型水利工程，无不凝聚着他们的血汗。他们的足迹遍及天山南北。如今，在北疆铁路的修建中，他们又是一马当先。400公里的路基工程，70%以上的任务落在他们的肩上。此外，还修建了各类桥梁102座、涵洞1029座、车站房建工程10万多平方米。合计完成土石方量近1000万立方米。如果把这些土石方一立方一立方地连接起来，即可从乌鲁木齐到北京铺个来回。

这些数字可能是枯燥无味的，但它的确包含着筑路战士的千辛万苦和无私奉献。

历史将不会忘记他们。

穿新衣　戴新帽

记得，工一师铁指党委书记廖宏凯在向我介绍情况时，就曾讲到这个鲜为人知的故事。当时我却未仔细询问。途经昌吉河大桥、玛纳斯大桥、安集海大桥时，也未仔细察看那新衣是怎么穿的，新帽是如何戴的。

20多年前，为了修建这条铁路，北疆大地上不仅出现过断断续续的路基，几条大河上还矗立起一座座桥墩。后来，由于众所周知的原因，铁路停建了，路基淹没在荒草之中，桥墩则像出土文物兵马俑般痴呆呆地站在那里，一直站了近30年。过往行人无不一次次投去痛惜的目光，无不为之酸楚。

可是，也不知是哪一天，兵马俑们像是有了灵性，信心百倍地承担起巨大的钢筋混凝土梁，任凭列车驰骋东西。

被雨剥蚀得千疮百孔的兵马俑何以焕发出如此巨大的威力？

兵马俑默默无语，滔滔大河也不会告诉你。只有筑路战士能够向我们诉说一切。

正如翻新一件衣服并不比做件新衣服省工一样，对于旧桥墩的处理较之浇筑新桥墩更让人头痛。望着斑驳的混凝土墩体，犹如老虎吃天，无从下嘴。按照设计要求，必须从上到下给旧桥墩周身浇筑一层20厘米厚的混凝土，进行整体加固。然而，要使新旧混凝土结合得浑然一体，首先必须挖掉风化部分，打毛原体，才能进行模板浇筑。这是一个非同小可的大手术。

打掉风化的混凝土并不难，然而要普遍剥掉一层谈何容易！400号的水泥，一榔头砸下去，虎口震裂了，却只留下一个白印。这样干下去，不知要干到何年何月。有人提出用爆破法，但又担心对原体结构的破坏，稍有差池，将会造成难以预料的后果。

技术人员睡不着觉了，修了多年桥梁，还没有碰到过这样的难题。他们翻书本，查资料，反复计算，反复试验，证实只要选准炮位，药量适中，完全可以进行爆破。

成功了。钻孔。钉模板。浇筑混凝土。旧桥墩焕然一新，巍然屹立。

筑路战士自豪地说：穿新衣，戴新帽，迎来列车不挡道。他们就这样把一座几乎被废弃的桥墩复活，成为支撑万钧之力的栋梁。

有人在桥墩上刻下自己的名字和参加施工的年月日。这是一种无法掩饰的自豪。

我发现，昌吉河大桥上就刻着他们密密麻麻的名字。

这座桥跨度200多米，麻烦的是，当年它已经在两座桥墩之间浇筑了一座56米长的钢筋混凝土系杆拱梁。而这次的路基因比原设计提高了157厘米，桥墩不仅要穿衣戴帽，拱梁也必须随之加高。然而880吨重的混凝土拱梁横卧其上，要把它完好无损地吊起来，可不是一件轻而易举的事。

880吨啊，一个何等惊人的庞然大物！即使把几十台吊车集中起来，也未必能吊起它来。

有人主张将其炸毁。当然，这很容易，给它几个炸药包就足够了。但这样做，不仅要浪费几十万元的资金，而且势必拖延工期，影响铺轨。

桥梁工程师们来到了现场，铁道部科研部门也派来了专家。大家出谋献策，集思广益，提出了种种设想，分析了种种方案的利与弊，最后决定采用顶升方案，用一个个“千斤顶”把大梁擎起来。

能行吗？简直是冒险！那么多千斤顶，一旦用力不均，就会造成拱梁变形，直至断裂。

但为了大局，个人担点风险是值得的！他们用特制的顶板托住大梁底部，把千斤顶合理地分布在各个关键部位。各种数据都经过精确测算。于是，一声令下，千斤顶同步开始工作，拱梁终于徐徐离开了桥墩。

它像一只悬挂在空中的宇宙飞船，只停留了十几天，便准确无误地落在整修一新的桥墩上了。这不啻为中国桥梁史谱写了一页新的篇章。

的确，这是一个了不起的创举。

沙漠风景线

吉普车开得很慢，并不是因为路不好。看得出，司机小朱是有意让我好好领略一下沙漠风光。

其实，我对这一带并不陌生。托托、孔木、沙泉子……30年前第一次修铁路的时候，我为新闻采访曾经跑过多次。这些蛮荒之地，除了座座沙丘、簇簇红柳，还有什么呢?

有风，这里的风是蛮厉害的。阿拉山口是有名的风口，那里刮12级的风，到这里至少还有10级。狂风呼啸着，刮得天昏地暗、流沙搬家。一场大风之后，汽车的挡风玻璃、油漆被打得斑斑驳驳，目不忍睹。

还有更令人讨厌的三件宝呢：蚊子、牛虻和小咬（蠓虫）。它们也实行三班倒：上午小咬钻鼻子、耳朵；中午牛虻突然袭击；下午大黑蚊子倾巢出动，上下翻飞。那蚊子大得出奇，悄没声儿地咬你一口，立刻肿起一个鸡蛋大的疙瘩，几天不消肿。为了对付它们的轮番进攻，筑路战士不得不往身上涂泥巴。可是，泥巴制服了蚊虫，却又堵塞了人体的毛孔。汗水淌不出来，比蚊虫叮咬更让人难以忍受……

这是30年前的情景，也是今天筑路战士生活的真实写照。一切都会改变的，唯有大自然依然是那么严酷无情。去年施工部队刚进入工地，就领教了风的厉害。12级大风像一群破门而入的强盗，蛮横地撕扯着刚刚搭好的帐篷。人们奋起反抗，与之争夺，但最终还是风魔得逞了。帐篷被洗劫一空，有的被撕成碎片，漫天飞舞。人们只得抱成一团，战战兢兢地度过第一个夜晚。

一场风连刮几天也是常有的事。有时，一个月中有一半时间是刮风的日子。"大风小干，小风大干、无风无雨加油干!"这就是筑路战士对风魔的挑战。每天上工前，他们把行李搁在床上，然后顶着漫天飞沙奔波在工地上。下班回来，眼睛鼻子、耳朵都灌满了沙子。一夜风沙，帐篷被流动的沙丘围困了，门被堵得死死的。饭菜里也是沙子，只能闭着眼睛吞下去，不敢细嚼。有人把水倒进碗里搅拌，让沙子沉淀之后捞干的吃。饭后一看，碗底里竟结了一层厚厚的细沙。

在沙漠里施工，大陆性气候是对人们的严峻考验。盛夏，这里的最高气温可达45摄氏度，茫茫沙原像个大火炉，猛烈地炙烤着人们。连吃饭休息也找不到一块荫凉，只得忍受烈日的曝晒。一个个都成了非洲黑人。入夜，暑气迟迟不退，想掀开帐篷一角透透风，又怕蚊子乘虚而入。

劳累一天的人们多么渴望有一盆水呀！可是这里的水都是定量供应的。水是从十几公里或几十公里外运来的，滴水贵如油。为了节约用水，有时不得不一水三用：早洗脸，晚洗脚，次日还用打炮眼。

在花山子桥梁工地上，还发生过这样的事：五一节前夕，一场大风把通往工地的便道掩埋了，运水汽车不幸搁浅。100多人的工地，面临着断水断炊的危险。洗漱用水全部停止供应，只能维持生命。五一那天，食堂无可奈何，用不多的水和面，让大家过了个油饼节……

对这些，筑路战士们每每谈起来，也总是三言两语，一笑了之，没有一点过五关斩六将的味道。也有人直言不讳，发一番感慨，说："哪里最苦，哪里就有兵团人的脚印。历来如此，天经地义……"似显不平，又分明带着一种豪迈之情。

汽车继续缓缓而行。倚窗望去，遥远的地平线上出现一条如银蛇般的彩带，时而隐入沙海，时而靠拢过来。

铁路就在身边不远的地方。它的确像一条舞动的银蛇，身上披着漂亮的花纹，在阳光下闪烁。

我看清了，这一带的路基斜坡都刻着这样的花纹。那是用石头垒砌的几何图形，呈菱状，大小均等。格子里装着满当当的砾石。这是为了对付风魔而加的方格护坡。石头是从很远的地方运来的，经过精选，大小相差无几。然后按照几何图形垒砌起来，再填入20厘米厚的砾石。从托托到阿拉山口一线上百公里的路基几乎都覆盖着这样一个保护层。

据说，30年前的路基，凡是未加护坡的都已经无影无踪了。

前车之鉴，后事之师。他们用双手铺砌了200多万平方米的路基护坡，像是给铁路披上了盔甲。

汽车停在公路与铁路相交的平交道口。我们朝一片沙丘走去。离铁路不远的地方，只见波浪起伏的沙海被什么东西覆盖着。走近时，才发现那是一束束芦苇，也是方格形的，每格一平方米，远看像个棋盘。每隔一段打下一根长长的木桩，把它们固定在沙丘上了。

为了保护铁路，光有护坡措施还不行，必须在路基两侧进行固沙。这是何许人的发明，不得而知，但它确像一个巨大的樊笼，把沙丘紧紧地锁住了。当风魔大施淫威的时候，沙丘规规矩矩地躺在那里，铁路安然无恙。

妙哉！妙哉！大自然尽管变幻莫测，桀骜不驯，但人类终究可以找到制服它的办法。不过，要把漫漫黄沙全部锁住，那可是一个了不起的大工程。据说，光这一片沙丘就要铺设50多万平方米的苇束。所幸这儿离艾比湖并不远，那里有取之不尽用之不完的芦苇。但这一切都是要付出辛勤的劳动和巨大的代价的。

有朝一日，当您乘坐列车来这里旅行时，除了观赏这奇异的沙漠风景线，是否会想到筑路战士心中的风景线呢？

流沙河　地下水

北疆铁路线没有险山峻岭，不需凿隧道，攀雪峰，似乎是个并不复杂也不怎么宏伟的工程——我曾这样猜想。

但是，我错了。北疆铁路的难度主要在地面之下——那是一个神秘的世界，神秘莫测，难以预知。

铁路向西延伸到高泉至精河一线，沼泽区就像魔鬼一样出现在面前了。人们称它为“鬼沼”。不知那些死寂的无边的土地下面有什么鬼，只要朝下面挖上50厘米深，混浊的地下水便源源不断地冒出地面。在这上面修筑路基，有的要挖掉2米深的稀泥，然后填上戈壁石，以切断土的毛细管，防止盐碱渗透，造成泛浆。

据专家介绍，一般情况下，碱老虎通过毛细管可上升2.7米到3米多。因此，路基必须有一个隔离层，让碱老虎无法抬起头来。

这些，对于经过严酷考验、有着丰富经验的施工队伍来说，都不在话下。可是在沼泽地上修涵洞，建桥梁，却还是头一回。

开挖涵洞基础，首先遇到的就是地下水。不管你挖多深，地下水总是不停地向上翻涌，在你面前形成一个泥潭。这时节，抽水机也无能为力了，你抽去多少，地下水就冒出来多少，那是一个无底的深渊。

唯一的办法是打沙桩，这是对付地下水的绝招儿。

沙桩机调来了。直径40厘米粗的钢管被打进地层十几米深。一面打桩，一面往钢管中灌沙料，一面抽水。使地下水位不断下降，地层密度不断加强。一座涵洞的基础有的要打上百根沙桩，才能浇筑混凝土基础。仅精河车站的候车室基础就打进了2000多根沙桩。

那时，铺轨机正以每天一公里的速度由东向西推进，紧紧地跟在施工队伍的后面。1989年9月20日铺轨到精河，这是谁都不能改变的。可是，沙桩一根也不能少打，那是经过科学计算的，否则，后患无穷。

这时，担负精河附近路基工程的三团工区指挥所告急！离铺轨期还有40天，他们面前还摆着5座涵洞任务。按设计要求，这5个涵洞要打800多根沙桩。而每个涵洞至少需10天才能完成。他们掐着指头算了又算，怎么算都是一个无法承受的压力。

工区领导急得团团转。工一师的筑路史上还没有发生过挡道的事。难道三团要往自己脸上抹黑吗？一千个不能！一万个不能！他们一次又一次地研究对策，制定措施，缩短工期。领导分兵把口，各蹲一个工点，并同工人签订承包合同，按期完成有奖，拖延工期受罚。工地上顿时出现了龙腾虎跃的局面，施工进度大大加快了。

不料，就在准备浇筑混凝土基础时，抽水机出现了故障。大量地下水喷涌而出，使施工现场变成了一个个泥潭，变成汪洋大海。担负开挖基础的挖掘机也望洋兴叹，无法进入施工现场。

“我们自己干吧！”青年班班长何红带领20名男女青年一起跳入齐腰深的泥潭中，一锹锹地把稀泥甩上岸来。他们头顶烈日，挥汗如雨。一个个都成了泥猴，分不清男女。为了加快施工进度，他们实行三班倒，日夜不停。据测算，每立方米泥巴重约1600公斤，他们每人每天平均挖泥竟达9立方米之多，这是何等繁重的劳动！炊事班长有个统计，青年班每天喝18桶开水；200克的馒头，每人每顿至少吃3个。可见，他们每天要消耗多少体力，淌出多少汗水。

工区领导也在拼命地工作。那些日子里，他们的眼睛是红的，脸是黑的，而衣服却和工人一样，结着白花花的碱花。机械队长张尚清得了热感冒，久不退烧，浑身疼痛，躺在帐篷里仍然指挥施工。主任工程师郭步清每天奔波在工地上，看到工程上不去，他不思饮食，夜不成寐。有时人们还没起床，他就上了工地。

有两次，他终于晕倒在路上了。他不仅患有硅肺病、心脏病，还有低血压。他是带病来铁路工地的。去年4月，他为团里没活儿干跑到师里要任务，李肖民副师长当即让他们上铁路。他没顾得回家跟妻子打个招呼就来了。他明白，他们是后来者，一定要做出个样子，不能丢脸。他对任何事都认真，唯独对自己的病不在乎。大家劝他去住院，他跑到精河检查一下，在医院住了不到10天，又返回了工地。

不管在铁路工地上，还是在指挥部办公室里，只要提起苇子沟中桥、四棵树大桥，至今人们还是感慨万端地、不住地摇头，那是一场硬仗呵，一场与地下水、流沙河的决斗。

苇子沟、四棵树位于高泉以东，顾名思义，那是一片芦苇丛生、覆盖着枯枝败叶的沼泽地。这里不仅地下水位高，而且地层是淤泥质沙黏土，夹有流沙层。在这种地方造桥，最大的难题是桥墩的基础开挖。

若按一般方法开挖桥基，显然会产生始料不及的严重后果。目前制服流沙的比较可靠的办法多采用沉井法施工，即在桥墩位置首先浇筑一个内径10米左右、壁厚1.2米的混凝土圈，让其依靠自身的重量，缓缓沉入地下。接着浇筑第2个、第3个 …… 随着井圈节节下沉，人们就在圈内的狭小空间展开作业。用吊斗运出泥沙，用抽水机排出地下水。直至井圈下沉到设计标高位置。最后封底，填入砾石，盖顶。在此基础上才能开始地面以上的桥梁墩台浇筑。

且说苇子沟中桥的故事。

这是一座全长96米的四孔铁路桥。因工程复杂，工期迫近，铁路指挥部在考虑让谁来施工的问题上，颇为踌躇了一番。那时，铺轨列车已在耳畔嘶鸣。不管是谁来挑这个重担，到时候拿不下来，都要吃不了兜着走。

“还是交给我们吧！”

二团领导站出来了。语气不怎么坚定，更不像豪言壮语，却是满怀诚意的。从甘河子到高泉一线的路基工程是他们承建的，而苇子沟恰在他们的管段之内。他们怎么能把这个最硬的骨头推给别人去啃呢？

可是，万万没有想到的是，就在他们准备开往苇子沟桥梁工地的时候，突然从乌鲁木齐南山阿拉沟后方基地传来了暴发洪水的消息。电报雪片似的飞到工区党总支书记的办公桌上。

“突发洪水，房子即将倒塌，速归。”

“家有急事，速归。”

都是妻子儿女在告急，都是同样的内容。

一工区党支书记李道华望着一封封电报，心里像针刺般地疼痛。他好像看到洪水正从天山峡谷里翻着波浪，直泻而下，向着那些毫无招架之力的一排排干打垒的小土屋冲过去，一间房子塌了，另一间也塌了……孩子在哭，老人在呼唤儿子。

他不由一阵战栗，心仿佛在滴血。

阿拉沟口，5万平方米的干打垒，几乎每年都有这么一段让人提心吊胆的日子，几天阴雨，人们都不敢睡觉，何况洪水！他的家也在阿拉沟，房子虽稍好一些，洪水一旦暴发，也难逃厄运。

一个也不能准假！他把电报全部压下。

这样做，一定有人骂他不近人情，但他咬咬牙还是这样做了。苇子沟中桥的施工迫在眉睫，他总不能在这个紧要关头放大家回阿拉沟。

他给师里发电报，给团里挂长途。师团都很重视，拨了救灾专款，首先抢救第一线职工的危房，以解除他们的后顾之忧。这时，他才把电报送给了本人。

其实，职工们早已从广播里听到阿拉沟遭受洪水袭击的消息。只是重任在肩，明知回不去，只好把挂念搁在心里。

5个沉井同时上马了。300多人在苇子沟扎下营盘，摆开阵势。搭井架，立模板，混凝土搅拌机不停地工作着。第一道井圈浇筑成功，开始下沉了。没有沉井施工的专门工具，他们就靠铁锹等原始工具铲挖沉井圈中的泥沙。小小的工作面只能容纳七八个人，大家齐心合力地把泥沙装入吊斗，每一锹都要付出很大的气力。

井圈在不知不觉中继续下沉，施工一刻也不敢停顿，一旦停顿下来，水和泥沙便蜂拥而上，不仅工作量要成倍增加，工程质量也将受到影响。

这时，苇子沟成了沸腾的荒原不夜城，人们都在夜以继日地工作。

施工中，一号沉井碰到了两个流沙层，地下水也汹涌起来。不管你有多大本事，你运出多少，它就补充多少，沉井圈被搁浅了。4台抽水机拼命地抽水，吊斗穿梭般地上上下下，却不见井圈下沉。有时，猛烈的流沙还把井圈顶起来。多么可恨的流沙河！

但是，它的阴谋终究没能得逞。团和工区领导立即召集工程技术攻关小组进行现场会诊，摸清流沙的活动规律，很快找到了制服流沙的对策：用编织袋压在流沙层上，限制它的流动自由。井圈终于顺利下沉了。

当井圈下沉到十几米的时候，井下作业更加艰难了。齐膝深的泥沙，一脚踩上去，便不能自拔。倒班时几个人费很大的劲才能把一个同伴从泥沙中拉出来。老工晋中虎、齐永禄在井下施工中常常连续工作6个小时不吃饭不休息，班班创造好成绩。当他们拖着疲惫的双脚爬上井口时，连路都不会走了。

工区主任简祖玉身患严重肾炎，但始终在第一线指挥施工，和工人一起下井劳动。工人6小时可以倒一次班，而他和党总支书记李道华常常需要工作十几个小时。实在支持不住时，才躺下休息一会儿。但有时刚刚入睡，又被人喊醒了，各种棘手的问题随时都冒出来，等待着他们去处理。

过度的疲劳终于使简祖玉的肾炎复发了。他的脸和下肢都浮肿起来。“铁指”和团领导多次让他去住院，他却舍不得离开工地。后来汽车把他送到医院，但病情稍稍减轻，他又出现在工地上。

冬天，西伯利亚的寒流一次又一次地袭击着苇子沟，但桥梁工地上依然热气腾腾。工人们井下一身泥，出井一身冰，一直干到春节才返回阿拉沟，与亲人团聚。过完春节，正月十五的元宵还没来得及吃，他们又返回了工地。

为了一座桥梁，我们的筑路战士就是这样忘我劳动的。这是否就是人们所赞美的奉献精神？

两代都是"吉卜赛"

在铁路工地访问的日子里，我曾遇到不少熟悉的面孔、熟悉的声音。20世纪五六十年代曾在崇山峻岭中参加过劈山开路的人们，曾在新疆东部的百里风区修过兰新铁路的人们，如今又在北疆铁路工地上出现了。他们把青春献给了边疆，有的甚至把自己变成一粒普普通通的石子，默默无闻地填进路基。

历史，这就是筑路战士用生命谱写的历史。

那天早晨，几个睡眼蒙眬的老机械手正在那里等候上车去工地接班，我和他们攀谈了一阵儿，记忆的窗口豁然大开。原来，他们都是30年前我曾访问过的筑路工人。往事如烟，他们的容貌尽管已经苍老，但名字却不陌生。那位名叫李连侦的老同志，是1956年进疆的河南支边青年，有名的老黄牛。如今，他的孩子已进入了青年行列，而他仍是推土机手。上车的时候我发现他的动作迟缓，像在攀登一座很高的宝塔，很吃力。后来听说，前年冬季在高泉施工时，工作台里的暖气坏了，一时修不好，又不能停工，他的腿部受了寒，至今疼痛不止。他已经写了几次退休报告，可公司领导不批。

"为了北疆铁路，为了企业的生存，老李呀！求求你再干2年，给我们多带几个徒弟吧！"

公司领导的一番诚意使他感动了。他能说什么呢？干吧，干到爬不起来再说。

有几个女推土机手格外引人注目。她们被称为筑路工地上的红色娘子军。除了那位兵团三八红旗手叶家炳是3个孩子的妈妈，其余都在20岁左右。在家里，也许有人还依偎在妈妈怀里撒娇，可眼下她们已经当了2年推土机手，有的已开始独当一面了。即使碰到狂风呼啸的夜班，她们也毫无畏惧地走上工作岗位。

在那个庞然大物面前，这些小姑娘实在显得太瘦小了。当她们跳上工作台时，几乎看不到她们的身影，仿佛变成了一台无人驾驶的机器。然而，就是她们，在向沙丘、碱包发起的一次次攻势中，竟创造了不亚于男机械手的好成绩，有的甚至遥遥领先。

当社会上那些腰缠万贯的新贵们沉醉于舞厅和咖啡馆，挥霍着不义之财的时候，当一些人为了名利地位、为了争得一套住房而疲于奔命的时候，他们——筑路战士的后代们却接了父辈的班，做了第二代“吉卜赛人”，成年累月过着流浪者的生活。

一顶20多平方米的帐篷，常常要住12个男工或七八个女工，除了一张简易的床铺，几乎无立足之地。随着铁路的步步延伸，一年之中不知要搬几次家。初到一个工地，有时不得不住猪圈、羊圈或牛棚。“天是帐，地是床，箱子垒起就是墙”，并非夸张。

没有星期天、节假日的概念。只有当大自然大施淫威、逼得人们无法上工的时候，施工日志才会出现“某月某日，风力10级，停工一天”的字句。

最苦恼的莫过于男青年的婚姻恋爱。工地上的姑娘本来不多，她们有的却要千方百计地飞出去，这对小伙子们来说，不啻是个巨大的刺激。

难道我们是下等人吗？颇不服气。可是有人谈得好好的，只是女方家里的一句话，便告吹了。

有的领导为此动了心思，专门招收了一些年轻女工，并施以“诱饵”，凡从本单位内部找对象的，均奖给0.4立方米木料做家具，用心可谓良苦，收效却不知如何。

也有的单位建起了沙漠球场，自制了台球和乒乓球台子。还有组织月光舞会或帐篷舞会的，为年轻人提供了娱乐和交谊的场所。但有一条规定，在边境地区只准谈情说爱，不准散步。热恋中的情侣最恨路短，一旦失足把脚伸到国界之外，便成为说不清的边境问题。

世界如此之大，他们却不能越雷池一步。对此，他们并不感到吃惊。为了国家利益，他们不是已经抛弃了个人的一切吗?

阿拉山口见闻

阿拉套山像个白发苍苍的老者，披着铅灰色的大衣，毫无表情地坐在那里。

它自然是很古老的，说不清是哪一次的造山运动，在造就了绵延起伏的阿拉套山的同时，留下了这么一段缺口。或许是山神颤抖了一下，便形成了阿拉山口。从远处看去，倒像是拦腰切了一刀，把阿拉套山分割开来了。

这就是北疆铁路的终点站，与苏联铁路的接轨点。站在阿拉山口的高处，隐约可见对面的友谊车站。偶尔还可看到上下车的旅客匆匆走过站台的情景。

一列火车进站了，鸣笛声依稀可闻，这就是苏联边境的最后一个车站。

山口的这一面，只见成群的挖掘机正在紧张地工作着，只只长臂伸向沉睡着的大地，掘出一座座深坑。自动翻斗车熙来攘往，日夜奔驰。

阿拉山口换装站已经破土动工。也许要不了多久，国际列车将通过这里。那时，东起连云港、西至荷兰鹿特丹港的长达1万多公里的欧亚大陆桥便全线贯通了。而它比经由西伯利亚的大铁路缩短2000多公里行程。

多少人在期待着这一天呀!

在六团指挥所，我从资料员罗旭清的办公桌上发现了一张很大的蓝图，那就是阿拉山口换装站的雏形。上面不仅划分了东西生产区和生活区，还有道路的规划。友谊路、北京路、乌鲁木齐路、伊犁路……纵横交错。宾馆、学校、书店、邮局、农贸市场、文体活动中心……历历在目。

数年之后的阿拉山口，将再也不是“千山鸟飞绝，万径人踪灭”的蛮荒之地，取而代之的将是楼宇成群、绿树覆盖的“西来之异境，世外之灵壤”。那将是一座现代化的边境新城。

换装站的建设主要是六团担负的。一排排简易工房里，技术人员正在绘制着一张张图纸，工人们正在紧张地进行备料。这个站的施工任务是很艰巨的，自然条件恶劣，资料不全，建筑材料供不应求。但他们有信心保质保量地完成每一项工程，迎接第一趟国际列车的到来。

阿拉山口沸腾了。为了最后的决战，从去年冬天开始，人们便向这里集结了。那天晚上，我们来到边界线上，工一师机械化公司一分公司和铁指前线指挥组都驻在此地。十几间被边防连队废弃的房子既是办公室，又是宿舍，挤得满满的。

牧羊人见了他们说，你们住在狼窝里了！不久前，他们曾亲眼看到有几只狼在里面做窝，经常跳进跳出的。可是，筑路职工才不管那一套，把房子打扫干净，一住就是几个月。采石场就在身边，炮声震耳欲聋。坐在房子里可以听到碎石落地的声音。入夜，院子里时有汽车跑进跑出，夜班工人回来了，在高声喊着什么。食堂里24小时都有值班的，夜班工人可以吃到热饭热汤。

听说铁路工地的生活不错，早晨吃羊，中午吃鱼，晚上吃蛋。谁知，一问竟惹得哄堂大笑。原来一日三餐洋、芋、蛋。这里吃青菜要到博乐买，往返100多公里，比吃肉还贵。

我和机械化公司一分公司的两位经理交谈了几次。这一老一少始终在第一线指挥，配合默契。几十年来，这个公司在开发建设新疆中一直是排头兵的角色，公路、铁路、电站、机场，都留下了他们的足迹。那位年轻的副经理叫朱建疆，身体壮得像头牛，浑身充满活力。他嘴很甜，管老师傅一概称叔叔阿姨。其实他也30多岁了。但他是老师傅们看着长大的，在他们眼里，他始终是个毛娃。

在阿拉山口，我还遇到不少上海“阿拉”。他们大都是20世纪60年代的上海支边青年。修建南疆铁路时，他们从塔里木农场走向天山深处，加入筑路大军行列。如今，工一团各施工队的技术、财会、材料、定额管理等业务人员中，50%是上海支边青年担任。他们有的是总经济师、总会计师，有的还走上了领导岗位。在回城风刮得很凶的时候，他们仍坚守在工地上。他们当中，有的出身于资本家，小楼花园、大宗存款，落实政策后均已物归原主，就是靠吃利息也能过得十分优裕。可是，他们却不愿离开新疆，不愿离开筑路工地。

走进一团指挥所，迎面碰到一位高大魁梧的汉子，50岁模样，却着一身猎装，显得很潇洒。一问，才知他就是我们要找的丁元新，常驻指挥所的副团长。从1985年开始，他带领上千人的施工部队从石河子一直打到阿拉山口。每到新工地之前，他总是带上工程师和技术员走在前面，先去踏勘。遇到沙漠地带，汽车开不进去，他们就一步步地向里面跋涉，直到找到桩号。而当工人撤离工地的时候，他常常又是最后一个离开工地。

指挥部的施工简报登了一篇《大老丁的爱》，写的就是丁元新以工地为家，忘我工作的故事。

每逢佳节倍思亲。大老丁的妻子儿女每逢节日前夕都眼巴巴地盼着他回家。他们为他杀鸡宰鸭，准备了可口的饭菜和他最喜欢的白酒。可是从五一等到十一，却不见他的影子。节日，往往是大老丁最忙的时候，他要到重点工程去参加夜战，要去检查食堂伙食，要去慰问伤病员……

我们进来之前，他刚接到团里的一个电话，催他回去参加兵团“双先代表会”。他是优秀党员代表，让他无论如何立即赶到兵团报到。可他却不慌不忙，稳坐泰山。

“我已经请假了。告诉他们，我不能离开阿拉山口，工程越到最后越不能放松。这里面还有个国际影响呢！不能丢中国人的脸！”

后来才知道，阿拉山口本来没有一团的任务，是他主动请战才抢了这段工程。现在，工程还没竣工，他又去联系博乐至阿拉山口的公路建设了。

洒下一路都是爱

他们，以前曾被称为不穿军装的解放军。逢年过节，还有拥军爱民任务。那时，他们也喜欢唱《三大纪律八项注意》，列队行进在大路上，很有点雄赳赳气昂昂的样子。如今，虽然还挂个兵字，却少了几分兵味儿。在工地上，几乎听不到有谁喊一声连长、营长，都是以经理相称。到处是公司、分公司。这也难怪，他们已是名副其实的企业了。

不过，变中也有不变。这里先讲一个小故事。

那是赤日炎炎的一个中午。一位维吾尔族大叔推着辆独轮车来到筑路工地。“大西瓜哎，甜掉牙的大西瓜哟！”

分明是来卖瓜的，却不等买主问价，几个大西瓜已被肢解成一片鲜红。树荫下，每一牙儿瓜都那么诱人，令人垂涎欲滴。

有人上前问道：“大叔，你的瓜怎么卖？”

“吃吧，吃完再说。”大叔笑而不答，为自己的机智而得意。

原来，他叫库尔班，附近的一个瓜农。他的瓜地恰好在铁路路基的施工线内，已被国家征购。当推土机开到地头时，库尔班正在地里浇水，绿茵茵的地里结满了碗口大的西瓜。按说，机械手完全可以照章办事，开着推土机一扫而过。但当他们看到库尔班眼里流露出的乞求目光，他们的手不禁犹豫起来。能不能先到前面施工，等瓜熟蒂落之时再返回来呢？尽管他们已经拿到了国家付给的补偿费，但让他们多增加一点收入不是更好吗？

施工现场的领导十分赞赏机械手的想法，瓜地终于被暂时保留下来。

库尔班大叔和瓜农们都笑了。当第一批西瓜上市的时候，库尔班首先想到的是筑路职工。他不知该怎样感谢那些好心的人，但吃瓜的人并不认识他，照价给他付了钱。

我还听到这样一件事：在四团的施工现场，挖掘机在开挖桥基时，碰到一座墓葬。它既不在“麻扎”（墓地）之中，又没有任何标志，按说可以一推了之，但他们没有草率从事，首先向当地支铁办报告，请他们尽快调查墓主。直到确实没人认领时，他们才小心翼翼地打开腐朽的棺木，把那具骸骨移入特制的新的棺木中，掩埋到另外一个地方，并在墓碑上做了说明。……

他们还是当年的子弟兵，秋毫无犯。而铁路沿线的人们也确像爱护子弟兵似的爱护他们。施工部队每到一地，各族人民总是欢欣鼓舞，奔走相告。他们主动给筑路职工腾房子，提供种种方便，有的甚至把为儿子结婚盖的新房让给筑路职工住。

一切都会变，唯有爱是永恒的。

指挥部散记

在铁路工地的日子里，我常常感到一种愧疚不安。我来得太迟了！

5年，1800多个日日夜夜，那是多么震撼人心的场面啊，我却未能亲历其境。

在筑路指挥部，我依稀看到了筑路大军留在北疆大地上的足迹。他们怀着极大的热情，讲述那些难忘的日子、难忘的人们。

指挥部就像一部机器的中枢，它紧紧连接着每一个环节，每一个部件。尽管它只有30多人，但铁路工地发生的每一个变化，每一个故障，大至一个工程的上马，小至一个设计的变更，一座涵洞的质量事故，都会在指挥部掀起一个波澜。

在质监处办公室，我看到一份关于做好乌苏至古尔图段收尾工程的通知，那是指挥部组织专人对各主体和附属工程进行了全面检查之后提出的整修意见。从路基边坡护道、排水系统的处理到桥涵的质量，逐段逐个地检查，即使是一个细微的缺憾也不放过。施工单位必须采取措施，加以整修，才能交付验收。

指挥部平时总是空空荡荡的。除了少数人员，大部分人都在第一线。

我到指挥部那天，头头们都不在。直等到下午，才见到第一副指挥陈渥浦的面。他刚从阿拉山口回来。满身征尘地进了房子，没顾得洗脸，一件件事便摆到了面前，等待他表态、决断。

他是个实干家，跟工程打了一辈子交道。我是30多年前在天山筑路工地上认识他的。那时，他还不到20岁，从武汉中南建筑学校分到了新疆。他平时话不多，工作却格外认真，测量、施工都搞，每天奔波在冰峰上下。后来，我们虽同在一个机关工作了很久，一年中却难得见几次面。他总是跑野外，哪里有工程任务，哪里就是他的家。再后来，他就上了南疆铁路。转眼30多年，满头的黑发不知何时变得灰白了，他依然过着颠颠簸簸的日子。30多年来，他只回过3次湖南老家，有一次还是借出差回去的。他不是不爱自己的故乡，那里距长沙古城只有十几里，江南春色不时在梦中出现。可他不忍心为了个人的事而置工作于脑后。

1988年6月，他突然收到母亲病危的电报，一连几封都是催他回去。他多么想看看生他养他辛苦一生的老母亲啊，可当时正值北疆铁路第二期工程上马，他刚被师党委委以第一副指挥的重任，他怎么好意思在这个时候离开工作岗位？他把电报压在枕头下，含着泪给父母写了一封信。不料，这封信竟是母亲看到的他的最后一封信。

党委书记廖宏凯亦如此。30多年前，我们同在工地上搞宣传工作，修乌库公路、兰新铁路时都在一起。他爱说爱笑，喜欢运动，是篮球队的一名中锋。文章也写得不错。20世纪60年代中期，他去了南疆，还是在工程单位。一别二十载，想不到他又回到了铁路工地。他和铁路真是有缘分。不过，他所操心的再不是什么打球照相，迎来送往，带头鼓掌的事了。在漫长的铁路线上，他无论走到哪里，都有处理不完的事情。什么施工管理、经济核算、银行贷款、内外关系疏通、边境政策教育……什么都得抓。

还是20世纪50年代的老作风，对什么事都格外认真。几个同我们一起外出的年轻干部同他商量，能否采取变通的办法把指挥部的伙食补贴提高一些，让大家少掏点钱，吃得好一点儿。按说，这并不为过，可老廖却极力反对：“比起基层生活，我们这里已经很不错了，该知足啦！”

“老廖，何必卡那么死呢，又不是为你个人……”我悄悄地劝他。

“不行，绝对不行！”老廖不住地摇头，高声地说：“我们不能那样干，不能丢掉艰苦奋斗的传统！”

这是一套普通的住房。一楼。光线显然被周围的高大建筑遮去很多，显得很阴暗。房子里很简朴，过时的沙发，过时的床。

这就是兵团工一师原师长邱清益的家，一位跟建筑工程打了一辈子交道的老同志的晚年栖身之所。

我之所以要拜访他，不仅因为他是新疆维吾尔自治区北疆铁路建设领导小组成员，更重要的是，在我访问北疆铁路的日子里，许多人的言谈之中无不流露出对他的敬佩，无不提及这位老师长为北疆铁路倾注的心血。

其实，对邱师长我也并不陌生，他对工作的高度责任感和一丝不苟的作风，早在20世纪五六十年代就曾领教过。50年代末，他曾率领一支筑路队修建兰新线的瞭墩站。后来，又奉命到南疆主持修建铁门关电站。那时，他在原工二师担任副参谋长，是当家理财的好手、经营管理的行家。对工作的熟知真是了如指掌，七八位的大数字，他脱口而出，分毫不差。“文革”后期，他又背着沉重的精神枷锁上了南疆铁路……

20年不见，他并未老态，还是那样神采奕奕，谈笑风生。

有位哲人说过，人老与不老并不完全表现在生理年龄上，而主要表现为步态，人生步态。邱清益在奔波中度过一生，直到如今，也没有产生厌倦之感。修完南疆铁路，他便期待着北疆铁路上马。果然，自治区把工一师当成了北疆铁路建设的主力军。作为一师之长，他欣然领命。但兴奋之余，他也深感压力之大。当时，工程投资、材料尚未拨下来，要按时开工，工一师不得不动用自己现存的钢材、水泥和资金。

调兵遣将，抽调设备，全师上下把北疆铁路作为重点工程，全力以赴。施工进度比预料的还快，只用了一年零五个月就拿下了昌吉至石河子市100多公里的路基工程。

要不要继续向西挺进？施工队伍整装待命，但上面没给拨款，显然干不成。邱师长却说，没有投资，工一师垫付也要上，不能等！结果年底就修到了沙湾。为提前完成第一期工程创造了条件。

如今，他已退居二线，当了个兵团调研员。按说，他可以轻松下来，安度晚年。可他壮心不已，总是闲不住，仍把北疆铁路装在心里，发现问题，解决问题，为加速北疆铁路建设出谋划策。

为了北疆铁路，他不能闲下来。他说："师里领导都很忙。我对北疆铁路比较熟悉，可以给他们当个助手。"他还告诉我，过几天，他就要到阿拉山口去。那里正在进行最后的决战，有许多事情要办，他再也坐不住了。

柳沟魂

张贤亮的小说《肖尔布拉克》，结尾处有这样两句话：凡是吃过苦、喝过碱水的人，都是咱们国家的宝贝，都有一颗金子般的心。

在盐碱滩上创造奇迹的柳沟人，正是这样一些血气方刚、可歌可泣的好汉。

——题记

神奇的土地

柳沟这个地方，人们也许并不陌生。由奎屯北行40公里，举目远眺，目之所及，那片辽阔的绿洲便是新疆生产建设兵团农七师一二五团的所在地——柳沟。

由天山北麓奔腾而下的古尔图河，带着原始的苍茫和野性，带着痛苦和呻吟，从这儿奔腾流过，冲刷出一条狭长而神秘的沟壑，沟里崖畔除了片片芦苇荡，便是密密麻麻的红柳丛。柳沟由此而得名，当是无须考证的。

20年前，我曾跟随一个“农业学大寨”检查团到过这里，那时团领导所介绍的情况大都已经淡忘，唯有两个字：一个“碱”、一个“穷”仍深深地刻在记忆中。

当时，检查团所到之处，满目皆白，一片荒疏，路是坎坷不平的翻浆路，地是白茫茫的盐碱滩。全团24万亩（1.6万公顷）耕地，50%已经被迫弃耕。职工的住房，也被盐碱腐蚀得斑驳陆离，远远望去，像是残存在地平线上的一座座古堡。

柳沟周围有奎屯河、四棵树河等水系的滋润，有着发展农牧业生产得天独厚的条件，只因绝大部分土地盐碱化严重，当地农民世世代代几乎无人涉足此地耕耘。碱老虎让人们望而生畏，望而却步。直到1954年，一支转业的人民解放军进驻柳沟，这片“飞鸟不落脚，走兽不安家，雨天路泥泞，晴天白茫茫”的亘古荒原才有了人类活动。屯垦部队铸剑为犁，开荒造田，兴修水利，化腐朽为神奇，把不毛之地变成万顷良田。1958年，建场不久的柳沟农场就被评为全国农业战线上的先进单位，周恩来总理亲笔题签的奖状至今珍藏在团史陈列馆的橱窗里。它像一盏明灯，照耀着柳沟人前进的道路。

然而，碱老虎一刻也没有停止对人类的进攻，柳沟周围由于地下水位的急剧上升，碱害一直像幽灵一样同人们争夺着每一寸土地。

20世纪50年代有一位到柳沟做过考察的苏联专家曾经预言：20年后，你们将会被盐碱赶出柳沟。

这位专家的话并非危言耸听，世界上因土地盐碱化而被迫搬家的悲剧屡见不鲜。只是西部中国的柳沟人，肩负着屯垦戍边重任的一二五团的军垦战士们断然不肯接受他的预言，断然不肯在碱老虎面前低头。他们像勇士坚守阵地一样，在柳沟苦斗几十年，终于击退了碱老虎的猖狂进攻。不仅站稳了脚跟，而且向世界捧出一个光彩夺目的新柳沟。

20年弹指一挥，当我重访柳沟时，我已不敢相信自己的眼睛。这哪里是柳沟，分明是一座按照现代化要求建设起来的新兴城镇。以团部办公大楼为中心，条条柏油路通向四面八方。刚刚竣工的横贯东西的主干马路，同城市相比，毫不逊色。而一幢幢工厂、学校、居民区，则像花园一般散布在10平方公里的土地上。职工医院楼、卫生防疫楼、职工培训楼，依次矗立于绿树浓荫之中，恰似一幅充满诗意的风情画。

假如把这幅图画扩展开来，我们还将看到更为壮观的景象：整齐的条田、如织的林带、如网的道路、配套的灌溉系统。还有靠自己的力量建设起来的3座水电站，除了给全团生活照明，还为农副食品加工业提供了足够的能源。而耸入云霄的电视转播塔，更让柳沟与外部世界紧密地连接起来……

用"天翻地覆"来形容柳沟的巨变并不为过。如今的柳沟不仅是一个农林牧副渔全面发展的机械化农场，更是集工交建商于一体的联合企业。它像一列驶入快车道的火车，正载着物质文明与精神文明的辉煌，勇往直前。

过多地罗列数字可能是枯燥的，然而要了解柳沟的变化，那些蕴含着艰辛与汗水的数字又是不能忽略的。1982年以前的一二五团，粮食平均单产只有100公斤，到1996年达到300公斤。皮棉单产也由30公斤提高到110公斤。1982年以前全团亏损总额为3500万元。1983年以来逐年好转，并转亏为盈。到1996年社会生产总值连续6年超亿元，从1994年开始，连续突破2亿、2.6亿、3.1亿元大关，可谓一年一个新台阶。曾先后获"农七师模范团场""兵团双文明单位""自治区农业十年丰收先进单位""全国民族团结进步先进集体"等荣誉称号，成为新疆兵团十二面红旗单位之一。

无须一一列举他们获得的种种荣誉称号，只要在这块神奇的土地上漫游一次，你就会发现，一二五团从贫困落后走向文明富裕的漫长岁月，是怎样一幅瑰丽多姿、震撼心灵的历史画卷。生活在这片土地上的人们是怎样自强不息，勇于开拓，用生命谱写了一曲新时代之歌，熔铸了柳沟之魂、民族之魂。

向碱老虎宣战

兵团的许多团场都有一个团史陈列馆，那里记载着拓荒者的足迹、成功和挫折，叙述着他们自己的种种难以忘怀的故事。

一二五团陈列馆也不例外，只是他们的故事更具悲壮意味。

故事自然是从同盐碱做斗争开始的。有一组照片向我们展示了盐碱给柳沟带来的深重灾难：

那些大片大片的弃耕地，泛着芒硝般的碱花，虽然播了种，出了苗，却像生着癞疮疤的秃头顶上稀稀拉拉长着几根毛，有的被称为“秃头地”，有的被称为“花花田”。

田边地角的那些被盐碱侵蚀的正在枯萎的树木，只剩下几片叶子在颤动，仿佛在挣扎，在呻吟，在呼救。

子弟学校的校舍正面临着倒塌的危险。

工厂厂房的墙壁被剥蚀得摇摇欲坠。

渠道分水闸的混凝土墩柱也被腐蚀得面目全非。

……

没学过土壤学的人绝对想象不出盐碱会给人类带来如此巨大的灾难。1955年建场的柳沟三场，到1959年已开荒造田6.5万亩（约4333.33公顷），可到20世纪60年代初却只剩下3.8万亩（约2533.33公顷）。作物出苗率仅达到40%，播下的种子，大部分被盐碱吃掉了。

碱老虎之残忍，让人恨之入骨，比战士仇恨敌人有过之无不及。

发生过这样一件事，在一连17号地，郭建英政委（一二五团第7任政委）面对没有出苗的土地，义愤填膺，仇恨至极，当即拔出手枪朝地面扣响了扳机，嘴里还骂个不停。

今天谈及此事，也许让人忍俊不禁，可当时的郭政委却是泪流满面，愤慨之余，他颓然地坐在地上，一副无可奈何状。

与其说这是人类对自然灾害的无奈，毋宁说这是柳沟人为争取生存环境必然经历的一个艰难过程。人类从必然王国走向自由王国，不知要经历多少挫折。

丰富的水源是柳沟的生命之源，而地下水位的上升，所泛起的有害物质却是始料不及的。人们在治水压碱的时候，没有防范碱老虎从另一个方向的进攻。到了“文革”后期，碱害继续漫延，弃耕地继续扩大，粮棉产量继续下降。棉花单产直下降到13公斤。到1979年几乎滑到了粮食不能自给的困难境地。那年春天，团领导竟厚着脸皮向其他团场借了7.5万公斤的玉米，才解了全团1万多人的断炊危急。到了翌年开春召开全团表彰先进大会时，团领导竟为给代表们改善一次生活而犯愁，玉米发糕吃了好几天，按照惯例，会议结束时也该“犒劳”一下各位代表。但当时除了黄灿灿的玉米面，再也拿不出别的“颜色”。最后只得派人跑到奎屯买了两箩筐馒头。代表们吃着久违的白面馒头，并没有兴高采烈，只觉得心里酸溜溜的……

大家心知肚明，要摆脱贫困，挖掉穷根，必须把碱老虎吞噬的土地重新夺回来，打一场彻底翻身仗。

恰在此时，从南疆传来农二师二十九团改土治碱获得成功的喜讯，使一二五团的干部职工受到极大的鼓舞和震撼，对治理盐碱、改变柳沟落后面貌更充满了信心。团领导先后两次带领技术人员到二十九团考察取经，并请来二十九团生产科长、土壤专家和几名技术工人传经送宝，现场指导，协助柳沟人制定治碱改土的最佳方案。

然而，当时一无资金，二无机械和技术力量。要向盐碱开战并非如想象得那么轻而易举。

1983年元旦刚过，一二五团领导班子成员便匆匆来到师部会议室。师领导深知一二五团治碱这件事难度之大，决定和团领导共商大计，统一认识，排出阻力。杨新三政委斩钉截铁地说，一二五团要发展，只有走治碱这条路，别无选择！他把管钱管物的部门领导也请来了，让大家充分发表意见，群策群力，并组织有关人员制定了一个治理盐碱、收复失地的规划方案议定书。

师党委很快批转了这个关系到一二五团前途和命运的文件。

时任兵团司令员陈实看了议定书之后，心情十分激动，当即挥笔批示:“这个规划（让我们）看到了一二五团的希望，种稻洗碱结合深沟大排，是治理盐碱行之有效的方法，只要发扬艰苦奋斗、坚持到底的精神，定能成功。”

就在这一年，一二五团终于打响了挖排治碱的会战。他们接受以往全面开花、力量分散、成效不明显的教训，决定采取分区分期、攻克难关、以点带面的做法，首先选择近临柳沟水库的盐碱重灾区、弃耕地有8万多亩（约5333.33公顷）的二营作为试点，以便树起一面具有说服力的典型。

如今已无法详细记述二营挖排治碱的那1000多个昼与夜，那是人与自然的决战、生与死的较量。当时，一二五团已经8个月未发工资，职工购买油盐酱醋之类的生活用品都是使用内部代金券。他们是喝着盐碱水，啃着玉米面发糕，勒紧腰带投入这场治碱战斗的。

一次，在工地上，有个领导发现有的职工干活儿时老往林带里跑，便气哼哼地说：你们不好好干活儿，老往林带里跑什么！职工中没有人搭话，但过了片刻却有人忍不住大笑起来，说早上喝了四五碗玉米糊糊，啥油水没有，你说不跑咋整？……那领导原本是一种责怪的口气，大家这一笑，他才猛然意识到自己错了，心里不由一阵酸楚，眼泪差点流下来。他的这些“臣民”在吃不饱肚子的情况下还在坚持和盐碱斗，他除了为此感到欣慰，还能说什么呢？

谁都懂得机械化施工的优越性，可在那连肚子都吃不饱的年月，哪有资金购买机械？那次会议上，银行本来答应给一二五团一笔贷款的，后来发现一二五团家底太薄，改土治碱又恐一时难以见效，就把贷款取消了。

而杨政委也有言在先，说师里拿不出一分钱资助你们，只给优惠政策（超产部分可以不上交），其他一切全靠你们自己。

就这样，他们没有"等靠要"，靠的就是自己的一双手、一把铁锹。那些日子里，从连队到机关，从工厂到学校，全团上下总动员，男女老少齐上阵，硬是挺直腰杆向盐碱展开了一场空前的鏖战。

柳沟的冬天，寒风凛冽，他们扒开积雪，堆上柴草，用烈火烘烤冻土层，但十字镐抡下去，仍然是一个白印。手掌磨起了血泡，变成了老茧；虎口震裂了，留下了一片血痂。

春天终于来了，冰消雪融，土层松软了，但渠水却依然是那样冰冷刺骨。人们站在1米多深的渠水中，挥锹挖泥，身上、脸上都溅满了泥浆，陷进泥水中的脚板冻得麻木难忍。

经过一个冬春的苦战，全团终于完成3385亩（约225.67公顷）的条田规划，地下水位明显下降，作物出苗率也提高了20%到40%。

柳沟人这种不畏艰难、前赴后继的精神深深感动了"上帝"，兵团领导在经费不足的情况下，紧缩开支，给一二五团拨来购买机械的100多万元专款，为会战注入了一股巨大力量。挖排治碱的效率空前提高。到1986年，二营治碱初战告捷，粮食产量随之大幅度提高。

二营的巨变，让柳沟人看到了希望。紧接着，一、三营相继展开治碱会战，平整土地，改建条田，综合治理。到1996年，全团大部分土地排灌系统已经疏通联网，昔日的盐碱地变成稳产高产的良田沃野。至此，一二五团开始步入了良性循环的轨道。

从盐碱滩上站起来

在团史陈列馆里，我伫立在历届团领导的名单前——那是40多年来或长或短地在柳沟做过"七品官"的名录。一长串的名单之上写着：

柳沟军垦建设的历届带头人，把自己的聪明才智和全部心力奉献给柳沟，才使得柳沟这片荒芜的土地开放出绚丽多彩的花朵。……

这大约是现任领导对前任们做出的公允而中肯的评价。他们之中，有的已经乘鹤西去，离开人世，有的或调动或升迁。但他们留在柳沟的脚印永远不会泯灭。这些老一代创业者，无论走到何方，他们心里始终牵挂着柳沟这片土地。

岳奉恩，一二五团第一任团长，在他任职的那些年，曾为治碱呕心沥血，历经艰辛，但成效甚微。调离柳沟后，他心里始终像压着一块沉甸甸的石头，欠了谁一笔债似的。1982年，在他担任七师副师长后，当得知南疆二十九团改土治碱获得了成功，他便全力支持一二五团组织科技人员到那里学习取经，并亲自到一二五团蹲点参与制定治碱实施方案。直到二十九团改土治碱的经验在柳沟全面推广、开花结果，人们才看到他的脸上绽开欣慰的笑容。

说起那些为柳沟付出辛劳和汗水的历届带头人，人们至今仍记忆犹新，感佩不已。

1965年毕业于湖南农学院的秦山鼎，一到柳沟正赶上“文革”的年代。他和农工弟兄们一起喝着碱水，啃着玉米花糕，在基层一直蹲了10多年。这对一个湖湘子弟来说，不啻是个巨大的考验。但正如他自己所说，那时候人们的思想境界高，以苦为荣，不怕困难。

柳沟当时水稻种植面积比较大，春天插秧时水温很低，有些人不敢下水，他就第一个跳下去。为了治碱，他带头学习种稻技术，推广新品种，为柳沟培养了一批种稻人。当他发现柳沟的玉米和小麦种子混杂比较严重，就深入田间调查，搞种子去杂，提纯复壮，对提高单产起了重要作用。在农业技术不受重视的年月，他从一个普通职工、农业技术员干起，直到生产科长、副团长、团长、政委，在柳沟度过了最艰辛最难忘的岁月。

第十任团长、现任农七师师长沈宝祥，也给柳沟人留下了深刻印象。这个白白净净的上海知青，20世纪60年代初进疆，在奎屯农校学习了3年育种专科之后，毅然决然地选择柳沟作为自己的第二故乡。他一进柳沟，先在连队当记分员。工作之余，他运用自己学到的知识，悄悄搞起了水稻育种。他用心血积累了100多个原始资料和水稻杂交成果。后来因为参加“社教”，离开了柳沟，他的育种计划被搁浅了。临走之前，他把资料藏得好好的，可回来时，“文革”烈火已把所有资料化为乌有。他伤心地哭了。当时，老团长岳奉恩背着“走资派”的罪名，伤痕累累，却一再安慰他要振作精神，向前看，并带领他一起搞种稻压碱。他一直被当作改土治碱的主力使用。他担任二营营长时，正是治碱大战如火如荼的关键时刻，别看他一副江南才子模样，干起工作来，却是雷厉风行，浑身是劲儿。白天他和工人一起搞方格测量，规划条田，晚上还要编印简报，一天只能睡四五个小时。这场会战下来，他和指挥部的同志都掉了几斤肉。接着，他又受命指挥一营的治碱会战。为了柳沟的腾飞，他把一切恩怨荣辱都置之度外了。

柳沟人说起那位敢打敢冲、办事雷厉风行的老团长王隆，则带有一些传奇味道。在“文革”刚刚结束，一切还处于拨乱反正、百废待举的时候，由于人心不齐，一二五团各项生产一直不景气。那时到上面开会，王隆总是躲在角落里，生怕领导点他的名。最贫困、最落后的团场呵，粮食产量低，口粮都不能自给哟。那是什么滋味呵？见人矮三分，说话都没底气。作为一团之长，他有责任让广大群众首先吃饱肚子，尽快摆脱贫困。他想，一二五团要翻身，必须把生产搞上去。

但凡事总是以经济基础为前提的。那时一二五团两手空空，要把生产搞上去谈何容易！他们曾经一度把希望寄托在银行贷款上，给人家说好话、赔笑脸，可人家知道你一二五团不具备还债能力，几次出马，都碰一鼻子灰，败兴而归。

那时候市场上生活和生产资料也十分紧缺，一二五团所急需的化肥和农机配件一时供不应求，成为发展生产的极大阻力。于是王隆只好亲自出马，跑上跑下，到处求援。

为了解决化肥问题，他冒着严寒跑到乌鲁木齐，通过关系找到兵团领导，费了很多周折才弄到几车化肥。可是当他拿着领导的手谕，兴冲冲地找到物资部门时，人家朝他斜视了一眼，只说先研究研究再定。这一研究，几天过去了，也不见下文。王团长心不甘，明年的翻身仗就靠它了，拿不上批文，怎么向全团职工交代。他只好在招待所继续住下来，每天到物资部门的办公楼跑一趟。他知道领导机关的门难进、脸难看、事难办，便事先准备了一条麻袋片，遇到领导没上班，他就把麻袋往值班室外面的台阶上一铺，一边看报纸一边等。最终，他以锲而不舍的精神获得了一纸批文，也赢得了一个“麻袋团长”的绰号。后来，许多人都说一二五团有个“麻袋团长”，长得黑不溜秋的，软磨硬缠，特会应酬，有一种不达目的决不罢休的韧劲儿。

王隆任由外界怎么看他、议论他，他都不介意。只要赶在春耕春播之前，把救命的东西拿到手、运到柳沟，他心里就踏实了，个人受点屈辱算得了什么。这就是他的办事风格。

一二五团的历届领导，就像接力赛的运动员，每一棒都是那么认真，不遗余力地向前奔跑。应该说，他们都是喝着柳沟的碱水，经过摸爬滚打历练出来的硬汉子。

科技兴农的奏鸣曲

在柳沟采访，碰到3位远方来客。一位是兵团农垦科学院的研究员老马，另外两位是中国农科院棉花研究所的副研究员老李和他的助手。说他们是客人，未必准确，因为他们从来不以客人自居。除了住在简陋的招待所，其日常生活、所作所为与团里的干部毫无二致。团里召开的什么田管会、现场会，他们都主动参加。

老李来一二五团是从事棉花高产高效平衡施肥试验项目的负责人之一。这是兵团为促进棉花稳定增产，与中国农科院共同制定的科研项目，南北疆各选一个团场做试验基地。一二五团一举中标，靠的是有一定的物质基础和重视科技兴农的优势。

我对平衡施肥这个科研项目一无所知。但从老李他们的谈话中，我明白这对提高肥效、使棉花持续增产将起到十分重要的作用。为此，中国农科院的几位专家将在柳沟生活3年。老李是先行者，来柳沟已经1年多了，但对这里的生活还很不适应。他长期患神经衰弱症，睡眠质量很差，饭也吃得很少，眼见发丝一根根变白。但他信心百倍，一定要把这个科研项目进行到底，为柳沟的发展尽一份力。

兵团农科院的老马，已经在柳沟待了几年了，只要看看他那灰白的头发、粗糙的面孔，便知他的大半辈子是怎么度过的。他已是花甲之年，本可享受儿孙绕膝的天伦之乐。但事业需要他，柳沟需要他，他宁愿舍弃这一切。他来柳沟算不上最早的，1983年，兵团农科院与一二五团正式签订了科技兴农协议，当时就派出了包括农业、畜牧、农机、植保等8个方面的10多位专家常驻柳沟，对口协作，进行科技指导，并参与经营决策。10多年来，他们在引进推广良种、土壤改良、病虫害防治、化学除草等方面开展科技服务，为一二五团粮棉大幅度增产做出了不可磨灭的贡献。

与此同时，不少科研项目在柳沟结出丰硕的果实，其中盐碱土改造、低产变中产、中产变高产的研究、棉花病虫害防治研究等十几项科研成果获得了兵团、自治区和国家奖励。

在柳沟，这些科研人员不计条件，不怕吃苦。下地没有交通工具，经常是靠一辆破自行车或是步行奔波于连队之间。有的专家在柳沟干了七八年，很少过个礼拜天。工作进入关键阶段，有病也不肯离开岗位。有人称他们是柳沟的“荣誉居民”，其实他们自己何尝不是以柳沟人自居而感到荣耀呢！他们说，在柳沟待久了，有时突然离开一段时间，总觉得心里空落落的，好像缺点什么。而团场的干部职工更是难分难舍，一旦看到他们回来了，不管是在路上还是田间地头，远远地就又呼又叫地迎上去，相握相拥，问寒问暖，亲热得像久别的朋友。

一二五团领导对这些科技人员更是热情有加、关怀备至，为他们提供良好的生活和工作条件。逢年过节，团领导亲自带队到农科院慰问，到科技人员家里拜年，给他们送去温暖，以解除科技人员的后顾之忧。

一二五团流传着这样一些顺口溜：

治穷先治愚，治愚靠教育，要奔小康靠科技。

勤劳只能温饱，科技才能致富。

柳沟人在贫困线上挣扎了几十年，终于从切身经历中悟出了这个真理，找到了开启致富大门的金钥匙。但这绝不是少数人的行为。中国有一句俗语：“师傅引进门，修行在个人。”假如我们把农科院的专家们看作师傅，那么科技这把金钥匙只有掌握在柳沟人自己的手里，才能焕发出无穷的智慧和巨大的创造力。

多年来，一二五团既重视引进人才和技术，又采取有力措施和多种形式开展职业技术教育，在提高职工队伍整体素质上下功夫。为了让柳沟人尽快地富起来，团党委一班人始终不渝地带领广大职工学科学、用科学，走科技兴农之路。

然而，一项新技术的推广并不是一帆风顺的。比如，地膜植棉这个从国外引进的先进技术，传到柳沟之后，就有很多人不理解。

“什么地膜植棉，从古至今谁见过把地捂起来种庄稼的，时间长了还不把种子捂死！”

说什么的都有，一时众说纷纭，想试试看的也不敢轻举妄动了。但国内外的经验已经证明，地膜植棉的确是棉花增产的新途径，特别是对于无霜期只有160多天的柳沟来说，更具有特殊的意义。它不仅使棉花播种期大大提前，而且对保墒、防御春寒灾害都将发挥重要作用。

那一年，一二五团在各连队采用地膜覆盖技术植棉286亩（约19.07公顷），通过现场观摩、指导，以点带面，交流信息，推广经验，取得了前所未有的好成绩。棉花平均单产提高了105%。

地膜植棉在柳沟获得成功，打开了人们的眼界，很快在全团推广开来。到1985年，地膜植棉已占全团总播种面积的90%以上。它对改变人们的传统种植观念、冲破封闭的经济意识，起到了极大的促进作用。

为了把科技兴团的口号落到实处，一二五团还狠抓职工的技术培训。他们通过各种形式把科技送到千家万户，为职工架起了致富金桥。

一是结合农时季节，召开各种现场会，边学边用；二是利用科技致富示范户和“燎原计划”示范单位的典型事例进行现场培训，以点带面，使新兴技术新发明迅速推广；三是利用农闲进行农技知识培训，通过集中授课，普及农业技术知识和实用性知识，推动农业新科技的推广和产业结构的调整。

同时，对在职干部进行岗位培训，鼓励他们上电大、函授或参加成人自学考试。对各行各业所需要的专门人才，随时选送到高等院校进行系统学习。为鼓励青年职工自学成才，还选送一大批优秀上岗青年外出培训。

“科技资料送到手，广播电视天天有，科技咨询面对面，示范传艺手把手。”这句流传在群众中的顺口溜，形象地道出了一二五团科技兴农的生动局面。

这是一支科技兴农雄浑的奏鸣曲，柳沟人个个都以自己独特的发声显示了自己的才华。一二五团副团长、总农艺师杨西坤堪称是这个乐队的主要角色。关于他的故事，由于篇幅所限，只能长话短说。

40年前，杨西坤从河南来到柳沟时，还不到20岁，由于他聪颖好学，领导准备把他从七连调到团机关做业务工作。可他婉言拒绝，却考进农校学习3年。那是“瓜菜代”、吃不饱肚子的年月，能坚持学到底的人屈指可数。他拿到了毕业证书，重返柳沟，继续在七连当技术员。从那时起，他就迷上了棉花，每天都泡在棉花地里搞种植试验，对种子进行提纯复壮。有人说他是出风头，想成名。他不管这些闲言碎语，一心只想把棉花产量搞上去。

经过反复试验，他摸索出棉花植株密度与气候的关系。柳沟无霜期短，唯有合理密植才能提高单位面积产量。七连就是由于推行合理密植，棉花单产总产连续十几年都名列全团榜首。

杨西坤在七连当了20多年技术员，把心血都花在棉花上了。后来又当连长、生产科参谋、科长、副总农艺师。无论职务怎么变，他对棉花的研究却矢志不移，不仅积累了丰富的实践经验，理论上也有明显提高。

在合理密植的基础上，他在全团积极推行矮、密、早的栽培技术。矮、密、早是总的要求，矮、密、早到何种程度，都是有科学依据的。老杨结合本地实际情况，寻找一种最佳模式，曾经历了许多周折。

为了适应密植，必须将播种机由24行改为8行，以达到缩行增株的要求。他苦思冥想把方案拿出来，让农具厂改装，却没有人支持。东山土地爷到西山土地庙说话不灵，他只好又到自己的根据地七连去搞。他把样机做出来，让大家观摩。下种、覆膜均达到了标准。这才消除了怀疑，没人再说长道短了。

棉花的管理也是大有学问的。杨西坤通过多年观察，棉花早衰是影响产量的重要因素。传统的管理方法往往只注重早期的中耕、浇水措施，殊不知若放松了中后期管理，棉花就会出现早衰，叶子颜色变淡，棉桃结得小而少。老杨反复地向职工讲解早衰的特征、危害和根源，让大家重视中后期管理。特别是进入酷暑季节，在叶面蒸发较严重的时候，更需在水、肥、化、除等方面下功夫，加强科学管理，以确保棉株常青常绿、棉铃增重，提高单产。

杨西坤是一个地道的“种子迷”，多年来，他呕心沥血，为培育、推广新良种做出了很大贡献。

一个新品种的诞生往往是“一年纯，二年杂，三年四年就退化”。老杨和实验站的技术人员严格执行良种繁育程序，为了保证良种的纯度，种与植严格分开，优中选优，所有种子用到原种二代就淘汰。经过多年的反复对比试验，一二五团淘汰了许多棉花的老品种，最终选用了易出苗、生长快、中后期生长稳健、霜前花率达90%以上的“系5”加以推广。经农业部（农业农村部）鉴定，“系5”的各项指标均符合国家标准。自此，一二五团棉花种子全部更新换代，效益十分可观。于是兵团许多团场纷至沓来，柳沟的棉花新品种一时成为热门货，争相调运。

杨西坤称得上棉花专家了。40多年来，他就这样一头扎进棉海，同科技人员和广大棉农一起顶烈日，抗严寒，努力探索，奋力攻关，为繁育、推广新品种，付出了自己的全部心血和智慧。

那天，我决定找他本人谈谈，不料，就在我来柳沟的前一天晚上，他因心肌梗死已经住院了。从石河子请来的心血管专家正在会诊，说是因劳累过度造成心肌大面积缺氧而梗死，病情很严重。前几天就有征兆，他的心区总是感到隐隐作痛。人们强行把他送到奎屯医院检查，医生说必须住院。而他却把诊断书一把夺到手里，说我回团里去住。其实，回到团里，他就没把诊断书拿出来。那些日子，团里准备召开田管现场会，许多事还没有安排妥当，作为主管农业的领导，他觉得自己不能在这个节骨眼儿上躺在医院里。

他的病就是这样累出来的。年纪不饶人，毕竟是已近花甲之年。去年调整领导班子，没让他退居二线，那是考虑到这个班子需要一个老同志留下，给年轻人引引路。谁知，他却真的把自己当成了年轻人，一心扑在工作上了。

那天，待我与他见面时，他刚从医院出来，尚未办理出院手续。医生交代，鉴于老杨身体状况，暂时不能外出，必须在家里边治边疗。可他总是跟别人打哈哈，打完针，趁人们不注意，他就悄悄地跑去看收膜机的改装情况。

地膜植棉为棉花生产插上了腾飞的翅膀，但它给土地造成的“白色污染”也是难以想象的。留在地里的残膜若不能及时收净，将贻害无穷。前些年由两位农机工程师研制的“气吸式收膜机”已取得国家专利并获奖，但经过试用，尚须做一些改进，不知进展情况如何，有没有难处。他心里一直牵挂着这事。

在新的考验面前

人有旦夕祸福，天有不测风云。这句普世警言，对从事农业生产的人们来说，永远是刻骨铭心的深刻。

一二五团走出困境之后，并非一帆风顺、歌舞升平，并不都是铺满鲜花的道路。老天好像有意要考验一下柳沟人，1994、1995连续两年大施淫威，给柳沟人制造了3次骇人听闻的灾难。

1994年8月8日的一场冰雹，使一二五团三分之一的农作物受灾。好在各种作物已经接近成熟，经过一场紧张的抗灾斗争，把损失降到了最低限度，夺得了与上一年持平的农业好收成。如果说，1994年的那场雹灾只是人们习以为常的自然界的突发事件，那么1995年接踵而来的2次大灾，则是多年来不遇的近乎毁灭性的打击。

柳沟人记得，全团6.8万亩（约0.45万公顷）棉花适期播种结束后，天气格外晴朗，一切正常。看着播下的种子几日后争先恐后地钻出地面，在塑料薄膜下渐渐伸展出一片片叶子，棉农们的心中便也呈现一片晴朗的天地、一种对丰收的企盼和憧憬。

谁知，4月22日下午突然传来“大风降温”的气象预报。6万多亩

（0.4万公顷）棉田面临着低温的考验。这么大的面积一旦受灾，损失不堪设想。

人们多么希望这是一次虚假的不准确的预报呵。然而，在大自然面前，谁都不敢存一丝侥幸心理。气象台的预报仍然是权威性的命令。人们纷纷奔向田野，一堆堆柴草很快出现在棉田的周围，像等待出征的士兵，肃然而立。柳沟人谈天色变，脸上布满阴云。

那天夜里，团里所有领导成员都分头下到基层，彻夜不眠地监视“敌情”，进入一级战备。他们手里都拿着一支温度计，眼睛死死地盯着水银柱的升降，引而不发，只待水银柱降到零摄氏度以下，便发出点火信号，以驱散低温，力争把损失降到最低限度。

此时，分布在全团30多个炮点上的“炮兵”们，也在等待时机，时刻准备着向空中“敌人”发起进攻。

凌晨4点钟，捏在余继志团长和周德臣政委手里的温度计，水银柱突然直线下降，直降到零下5摄氏度。此时尽管柳沟大地烈火熊熊，浓烟滚滚，却不见水银柱回升。团长、政委的手不禁颤抖起来，心跳陡然加快了。

一年前，他俩同时从副职提升到正职的领导岗位。当时，不少人替他们这届班子担忧。一二五团经过几年的努力，连上了几个台阶，潜力挖得差不多了，再向上迈一个台阶，犹如游泳或田径运动员，要创造新的纪录谈何容易，弄好了，充其量是个守业者的形象；搞不好，就闹个身败名裂的结局。

其实，他们所担忧的并不是这些，个人荣辱、吃苦流汗都算不了什么，一个人能力有大小，但决不能辜负全团职工的期望。上任后，他们一直谋划着为老百姓多办几件实事，尽快过上小康日子。谁会料到，上任伊始，一个又一个难题摆在面前。

他们心里明白，零下5摄氏度的低温对已经出苗的棉花意味着什么，即使是尚未露出土层的幼芽又怎能逃脱冻僵的厄运。

然而，忧虑、悲观、沮丧都无济于事。只有挺起腰杆，动员群众，组织群众，投入抗灾斗争，自己救自己，才是唯一的出路。柳沟的历史就是同自然灾害做斗争的历史，今天柳沟人的脊梁决不会被压弯的。

第二天，天还没亮，团领导便带着各连队头头赶赴第一线，查看灾情，组织救灾物资。根据各单位报来的数字，全团6.8万亩（约0.45万公顷）棉花中有5.9万亩（约0.39万公顷）遭受不同程度的霜冻。刚伸展开来的棉花叶片，一夜之间变得蔫头蔫脑，一片片脱落下来，形同水煮一般。

棉农们紧紧握住团领导的手，强忍住眼泪，久久说不出话来。

余团长当即表示，重播所花费的种子、机械等一切费用由团里承担，缺什么团里提供什么，有求必应。

于是，全团上下紧急行动，机力重播与人工补种相结合，夜以继日，协调作战，仅用6天时间就完成了第二次春播。一周之后，6万亩（0.4万公顷）棉田又是一片喜人景象。

然而，祸不单行，当人们为棉花劫后再生，为取得苗齐苗壮的好成绩而庆幸时，5月5日晚上一场罕见的冰雹灾害又席卷柳沟大地。直径2厘米大小的冰雹铺天盖地，持续了6分钟之久。防雹队先后发射数百发炮弹，狡猾的冰雹东躲西藏，拐个弯儿又折回来，总是不肯离开柳沟的上空。

冰雹之后，接着是一场大暴雨。全团遭受冰雹和暴雨袭击的棉花3.8万亩（约0.25万公顷）。受灾严重的棉田里只见棉花叶子被齐刷刷地打断，落在混浊的水面上，随风飘浮着，其惨状令人目不忍睹。

面对这毁灭性的打击，有的棉农颓然坐在田边，忍不住哭了起来。

承包棉田的内地民工，有的悄悄地收拾好行装，准备不辞而别，到异地去寻找新的生路。

柳沟大地陷入一片沉寂。

这场灾害给柳沟人的打击实在太大了。时令已进入5月上旬，不管重播还是改种，都面临着重重困难。种子、化肥从何而来？在短短的播种期内能否完成繁重的播种任务？所有这些，都使人们焦灼不安。

团党委会议室的灯光一直亮到深夜。

从第一线归来的领导坐下来冷静地分析，认真地思考，经过反复讨论，团党委终于果断地做出“抗灾自救，求援购种，揭膜重播，机力跑墒，人工补播”的决策，并提出四个不动摇：抓全苗决心不动摇，单产总产提高不动摇，职工收入增加不动摇，综合效益增加不动摇。

余团长日夜守在电话机旁边，全盘指挥着抗灾斗争。他的双眼总是充满血丝，嘴唇也干裂了。

周政委时而外出联系棉种，时而到第一线去做安抚人心的工作。深夜，他还和工作人员一起跑到受灾最重的三连，打着手电到田间察看灾情。而在当时，他的家里正躺着两位危在旦夕的重病亲人——79岁的母亲和82岁的岳母。

党委一班人分兵把口，各司其职，为组织第二次抗灾斗争运筹帷幄、废寝忘食地工作着。那些日子里，谁也没有吃过一顿安定饭，没有睡过一个囫囵觉。

柳沟人把棉田当战场，全团一盘棋，上下一股劲儿。受灾最重的三连，棉田里还积着很深的雨水，播种机一时不能进地，必须揭开地膜跑墒。他们就组织了一个70多人的揭膜队，揭下的地膜成捆地运到田边地头，又是泥水又是汗水，每个人都像穿了一身迷彩服。不少基层干部在抗灾斗争中都掉了几斤肉。

这就是柳沟人的性格。他们以惊人的毅力，泰山压顶不弯腰的精神，创造了两次大灾前后完成三次播种任务的奇迹。柳沟人自豪地说，我们是一个春天干了三个春天的活儿。

更值得自豪的是，全团近7万亩（约0.47万公顷）棉花在大灾之年获得了历史上最好的收成，皮棉单产达到105公斤，总产850万公斤，分别较上一年提高13%、20%。

开拓者的情怀

在柳沟生活时间长了，接触的人多了，你会产生这样一种印象，团结和谐，荣辱与共，是一二五团历届领导班子的传统。不过，在成绩和荣誉面前，还能一如既往地谦虚谨慎，不骄不躁，则显得更难能可贵。

有人说，一个单位能否搞上去，关键在于是否有一个好班子；而一个班子是否得力，又取决于是否有一个好班长。我认为这是经验之谈。

采访一二五团政委周德臣时，他有一句话给我的印象特别深刻。他说："我是学着当官，为老百姓办点实事。"

周德臣是1978年的部队转业战士。在北京部队钢八连当过兵，接受过"冬练三九、夏练三伏"的考验，曾多次立功受奖。他一到柳沟就分到团机关，以工代干，做记账员。后又参加落实政策搞专案，每天东奔西跑地搞调查，写平反报告。他以高度的责任心和扎实的工作态度赢得了人们的信任。一年之后便转为正式干部，并担任了团委副书记。接着又先后担任政治处副主任、工会主席、副政委，主管教育、宣传、共青团等工作。

俗话说：嘴上没毛，办事不牢。而当时只有二十五六岁的小周，当了团委副书记、团政治处副主任，以至工会主席之后，办起事来却有板有眼，一丝不苟。那时候团场穷，搞活动困难重重，他便同其他部门互相配合，互相协助，锻炼自己的协调能力。团委、工会工作开展得有声有色，一年一度的文艺汇演也好，外面来了客人搞个文艺晚会也好，他总是跑前跑后的，忙得不亦乐乎。有人开玩笑说："周主席，你可以当文化部（现文化和旅游部）长了！"其实，他既不喜欢跳舞，也不擅长吹拉弹唱，完全是为了工作，才磨炼出这些组织才能和办事能力。这期间，团委和工会工作都受到上级的好评，多次被评为先进单位，为开创精神文明建设新局面奠定了良好的基础。

1994年初，他和余继志被同时推上主要领导岗位。后来，老余调走，副团长王宗鸿走马上任。王宗鸿是盐碱滩上成长起来的第二代，也是个踏实肯干、任劳任怨的实干家。他们的经历不同，但都是一步一个台阶上来的，同柳沟有着血肉般的联系。这就决定他们在制订工作方针和处理问题时总是着眼于是否有利于提高生产力，是否有利于提高职工生活水平，并以此作为判断是非的标准。

建一座集宾馆、餐厅、娱乐、团史展厅等于一体的文化中心，是一二五团摆脱贫困之后准备筹建的重点工程项目，立体的规划设计图早已绘制出来，但至今尚未付诸实施。

是一二五团没有这个实力吗？不是。

团党委就这件事曾经反复讨论过多次。有人说，一二五团富裕起来了，外面来的客人越来越多了，建个漂亮一点的文化中心，即使是一座与一二五团的声誉相配的建筑，也不为过，有粉往脸上擦是明智之举。但多数人认为，一二五团虽然有了一定的经济实力，但还不怎么富裕，特别是不少职工还住在20世纪六七十年代的土木结构的危房里，应当首先考虑改善群众的基本生活设施。再说，土壤盐渍化的治理任务也还十分繁重，有限的资金应该用到改变生产条件、增强农业的后劲儿上。

上有上的道理，下有下的理由，但后者的意见中，含有强烈的忧国忧民的忧患意识。从长计议，团党委决定暂缓修建文化中心，只把与群众利益直接相关的幼儿园先行筹建，投入施工。尽管粉子没有擦在脸上，但它无损于一二五团的形象。

为了充分发挥集体领导、集体智慧的威力，一二五团党委制定了廉政自律"十不准"。领导班子成员必须严于律己，从自身做起，让群众公开监督。“十不准”与中央要求的内容大同小异，但有一条是很厉害的，除了不准领导干部接受礼品外，还规定不准到职工家里喝酒吃饭。“吃了人家的嘴软，办事不公，承包不顺。”党委成员从不利用手中的权力为子女、为亲朋好友说情，批条子、找路子。

一二五团领导干部实行的是岗位效益工资，按规定，他们的工资标准可以高于职工的收入。但他们认为，领导干部的收入不能与老百姓的差距拉得过大。因此，他们的工资比贫困团场的领导还要低一些。但对广大职工的疾苦，他们却时刻记在心上，诸如用水、用电、住房、看病、小孩上学等方面的困难，他们都逐一加以解决，从不拖拉。为了调动、保护广大承包户的生产积极性，不管是丰年还是歉收，均保证他们的收入逐年有所增加，对于因受灾而歉收的承包户，实行保底收入，以保证他们的基本生活费。

“清清白白做官，堂堂正正做人，勤勤恳恳工作，实实在在办事”，这不仅是周德臣政委一个人的座右铭，也是一二五团领导成员共同恪守的准则。他们坚持和职工群众同甘共苦，凡事以身作则，率先垂范。要求下级做的，上级首先做到；要求群众做的，领导首先做到。

农忙季节，一二五团各行各业基本上没有星期天、节假日，而领导干部则是一年四季很少有休息的机会。每天晚上，机关办公楼里依然灯火通明，大家都在加班，而团领导办公室的灯光总是最后一个熄灭。白天干不完的事，晚上一定要加班处理完，这已经成为他们的习惯。

一二五团名气大了，应酬多了，压力也大了。对于他们来说，各种应酬实在是一个无法摆脱的负担。但又是所有的先进单位不能回避的问题。先进了还要更先进，项项工作、方方面面都要走在前列。他们几乎没有精力顾及自己的家务事、儿女情。

三秋大忙季节到了，团党委动员各行各业，即“所有喝柳沟水，吃柳沟粮、用柳沟电、走柳沟路”的人们都要加入拾棉花的行列，并有具体任务和指标。团领导也不例外，都有量化要求，所得报酬列入公共积累。完不成任务者由个人支付拾花费。

领导的表率作用，是无声的命令。每年的拾花大战，都是一曲动人的抢收丰收果实的凯歌。

对于已经取得的成绩和荣誉，柳沟人没有津津乐道，而是把目光投向未来，着眼于"持续、稳定、快速、全面"发展柳沟的事业，把柳沟建设成"经济繁荣、科技进步、精神文明、环境优美、生活小康"的新型社会主义农垦团场，这才是柳沟人为之奋斗的目标。

德国诗人歌德说过，壮志和热情是伟业的辅翼。

从盐碱滩上站起来的柳沟人，从困境和挫折中闯过来的一二五团的干部职工们，在新的进军中必将把柳沟精神发扬光大，创造新的奇迹，再造辉煌。

如今，由16个字凝成的柳沟精神，已经赫然刻在团部办公大楼的前厅："不畏艰难，团结拼搏，求实创新，勇争一流。"

这既是柳沟人的魂魄，也是柳沟人走向未来的精神支柱。

万水千山总是情

假如我面前有一张新疆地图，在他们所到之处都插上一面小红旗，那么地图上就会出现红旗的海洋。这自然是容易办到的。可要寻找每一面红旗下的足迹，即便是实现了交通现代化的今天，也是无能为力的事。

一

从来没有想过，我会到这座大楼，到一个完全陌生的领域，走访新疆水利水电勘测设计院的地质工作者。

然而，我还是来了，怀着崇敬与内疚，匆匆忙忙，兴致勃勃，像一个毫无经验的探宝者，急于找到宝贝，又茫然无措。

地质队正在开会，研究落实野外作业计划。听说近期内这个队的大部分同志将分头奔赴天山南北，为一批水利水电工程进行地质勘察。眼下所做的正是进军前的准备。

这真是一个难得的机会。若是迟来几天，怕是很难一下子结识这么多的朋友。那时，只有在人迹罕至的荒山野岭中才能找到他们的身影。

此刻，我才蓦然发现，我面前的每一张面孔都如铜雕的塑像一般生动，那么黧黑闪亮，那么粗犷动人。这是久居城市的人所没有的一种特殊的颜色，一种有人羡慕也有人鄙夷的颜色。那上面不知接受了多少紫外线，多少风刀霜剑的洗礼，镌刻着多少大漠诗篇。

发言很踊跃。地质队长叶传薪、主任工程师彭敦复、"李工""王工"…… 一个接着一个。只是不像谈经历，更像给一个局外人介绍情况。他们从20世纪50年代讲到80年代，从阿尔泰山讲到昆仑山，从伊犁河讲到塔里木河，叶尔羌河 …… 唯独不讲他们倾注在每一条河流中的热情和酸甜苦辣。

怎么可能呢？仅仅1个多小时，跨越了30多年，走遍了新疆的山山水水，能让他们说什么呢？

假如我面前有一张新疆地图，在他们所到之处都插上一面小红旗，那么地图上就会出现红旗的海洋。这自然是容易办到的。可要寻找每一面红旗下的足迹，即使是在实现了交通现代化的今天，也是无能为力的事。

于是，我只好穿行在地质队仅有的几间临时办公室里，和他们促膝交谈。每一间办公室都排列着两行办公桌，像小学教室一样拥挤不堪。而我坐在那里，恰像乘坐着一辆旅游车，在游览高山大川、名胜古迹。他们则是我的老师，我的导游。

二

最先出现在我面前的，是阿尔泰的可可托海电站。它是新疆较早的水力发电站之一，是闪烁在高山之巅的一颗明亮的星，因而被誉为"阿尔泰的夜明珠"。

自从有了它，作为我国稀有金属重要基地的可可托海矿区，才如虎添翼，为社会主义建设源源不断地输送了稀世珍宝。

为了这颗夜明珠，地质勘察人员从20世纪50年代初就登上了阿尔泰山，踏勘、测绘、规划，寻找最理想的位置，提供可靠的地质资料。在哈熊出没的山谷中，在布满石砾的河滩上，他们点燃一堆堆篝火，度过多少寒风呼啸的夜晚。

阿尔泰的冬天，气温常常降至零下40多摄氏度，呵气成雾，滴水成冰，激流滚滚的额尔齐斯河也封了冻。这种季节，即便是最贪婪的野兽也要放弃觅食的欲望。但地质勘察工作却一刻也不能停顿。

当时的可可托海矿区只有一部进口柴油发电机，连油料都是靠外国的船从布尔津河溯流而上运到这里。其代价之大自不必说，一旦供不应求，整个矿区便瘫痪了。后来，工人们以木代油进行发电，但仍然无法保障机器正常运转。

看着一车车木材变成浓黑的烟云冲上九霄，地质工作者无不痛心疾首。水利资源如此丰富的阿尔泰却要依赖外国供油，却要浪费那么多的栋梁之材，就像被谁打了一耳光，从脸上一直疼到心里，只觉得火辣辣的难受。

为了改变这种局面，还有什么苦不能吃呢？他们在石壁上凿开岩洞，在河面上凿开冰窟，让钻探机深入地层深处，取出一个个岩样，日夜不停地进行地质分析，终于为电站选址、设计提供了必需的技术参数，使电站尽快投入了施工。

现在和我面对面坐着的李兆仪、王明贵、王同孝，都是为那颗夜明珠付出艰辛劳动的人。那时，他们都是20多岁的小伙子，每天奔波于冰山雪谷之中，渴了吃把冰雪，饿了啃口冰馍，手脚和耳朵冻裂了，脸膛成了黑紫黑紫的茄子。由于长期营养不足，有人患了浮肿病，不得不把老乡丢弃的死牲畜拣来充饥。……

如今，谈起这些30多年前的事，他们没有哀叹，脸上却不时泛起幸福的微笑，仿佛从可可托海开发出来的每一件珍宝都是对他们的奖赏。

王同孝的经历是很有意思的。他是1955年从北京水电学校毕业后偶然来到阿尔泰山的。本来，他和几位同学已经分配到水电部工作，2个月后，说是让他们到新疆出差。没想到，一趟公差竟出了32年之久。先是说出差，后又说是借调，反正是拿着北京的低工资，却在阿尔泰山经受着野外生活的严酷考验。当年的毛头小伙子，如今已是银丝满头的工程师了。讲起阿尔泰的稀有金属，讲起在铁门关和阿里狮泉河勘探的日日夜夜，他总是乐呵呵的，满头银丝都洋溢着自豪。他说：“一个人的生活道路，有时是很难预料的。不过，我并不后悔。这一辈子能为新疆的水电事业做一点贡献，也算是没有虚度青春呵！”

在地质队里，何止一个王同孝呢？从20世纪50年代到60年代，多少年轻人不正是怀着这样的热情，告别了故乡，告别了母校，从四面八方涌向中国西部，投身于开发建设边疆的洪流吗？有人甚至献出宝贵的生命，长眠于崇山峻岭之中。

许多老同志几乎都向我谈起谷名泉这个年轻地质队员的故事。

谷名泉是1957年从武汉水电学校毕业后志愿报名到新疆的。这小伙子20岁左右，平时少言寡语，干起事来却麻利而老练。刚参加工作就被委任为地质工序第三组组长，和曹达、姜炳林一道到伊犁河上游的麻扎尔峡谷去工作了。

那是一条人迹罕至的峡谷，陡壁几乎和地面垂直。他们在上面爬行着，风化石不时滚下山岗，发出巨大的轰鸣。那天下午，天气骤然变了，先是一场狂风暴雨，接着又是铺天盖地的大雪。十月的山谷，浑浊一片，气温降到零下十几摄氏度。大家都穿得很单薄，寒风中不禁瑟瑟发抖。谷名泉把随身带的一件毛衣让给姜炳林穿，自己仍穿着冻得像盔甲一样的衣服，在雪谷里踉踉跄跄地跋涉。狂风不时把他吹倒，他咬咬牙再爬起来。整整折腾了一夜，也没有走出山谷。

第二天，雪没有停，风更大了。手脚冻得已失去知觉。谷名泉一头跌倒在雪地上，挣扎了半天，也没有爬起来。他一步也走不动了，气喘吁吁地对曹达说：“老曹，你先下山报信去吧，我们在这里等你。”

不料，曹达下山后把消息传到队部，队领导带着几批人分头寻找，却没能找到他们的下落。谷名泉和姜炳林只好躺进一个小石洞里休息。他俩紧紧地靠在一起，饿了就抓把雪吃。但直到这时，谷名泉还没有忘记工作，还和小姜商量天晴之后怎样尽快地完成最后一段的地形测量任务。

又过了一夜，谷名泉下半身突然浮肿了。他们爬到洞口，朝远处张望着，呼喊着。但那微弱的喊声连他们自己听了都觉得吃惊，而且每喊一声，都带来一阵晕眩。于是，谷名泉又提出让姜炳林下山。小姜紧紧地抱住他，死也不肯离开。谷名泉说："我是组长，你必须听我的。我们不能都在这儿等死！你还能爬，下山后说不定还能回来救我！……"

小姜还能说什么呢？他含泪下山了。谁知，第二天当他带着人马爬到海拔2000多米的山顶时，谷名泉已经停止了呼吸，惨白的脸上挂着僵硬的微笑。

谷名泉牺牲后，人们才知道，他出生在一个三代独子的家庭。从学校毕业生时，当他在第一志愿那一栏里填上"新疆"两个字时，心里充满了自豪，也充满了矛盾。他的老母亲和未婚妻极力反对他远走高飞："为什么一定要到新疆呢？你真的忍心丢下我们？"

但他还是说服了亲人，毅然地来了。没想到，他的生命竟是那么短促，像一颗流星划过夜空，只一闪便消逝了。

在历史的长河中，一个人的生命再长，也不过是一闪即逝的流星。不同的是，有的暗淡无光，有的却那么耀眼，虽只片刻的一闪，却给人留下难以磨灭的印象。

如今，在勘测设计院，在地质队，谷名泉这个名字还是那么熟悉，那么亲切。谈论起来，情绪总是很热烈的，仿佛谷名泉仍生活在他们中间。

杜副院长告诉我，勘测设计院将在麻扎尔峡谷出口处给谷名泉竖一个纪念碑。我很赞赏这个决定。这碑不是给谷名泉看的。他已在九泉之下含笑30载。这是立给后人的，让整个社会记住地质工作者的无声的奉献。

当一项水电工程落成的时候，当人们面对着它交口称赞的时候，我们是否会想到地质工作者所奉献所牺牲的一切呢？要知道，在每一张建设蓝图形成之前，首先在那里披荆斩棘的就是他们。第一条小路是他们踏出来的，第一缕炊烟是从他们的帐篷或宿营地冒出来的。没有他们的劳动，一切便无从谈起。

叶传薪、张大用这两拨步入中年的知识分子，也许在地质工作者中算不上具有典型意义的代表。但他们所走过的曲曲折折的道路，却能让人看到一代地质郎的心路历程。

他俩同是20世纪60年代北京地质学院的毕业生，同校而不同级。但奇妙的是，毕业分配时他们的语言竟是一样的："到边疆去，到最艰苦的地方去！"而且说到做到，在第一志愿那一栏里，不约而同地都填的是"新疆"。在他们看来，学地质而不到新疆，便是失去了用武的广阔天地。

傻子！如今不是还有人这样评论当年的大学生吗？

是的，那一代的大学生的确有点傻气，争先恐后地报名，争先恐后地往新疆跑。不是头脑发热，也不是为了好听的名声。然而，就是凭着这股真诚的傻气，使他们跨过了昨天，赢得了今天。

叶传薪在自治区水利厅招待所住下来等待分配等了很久。只要他愿意留在乌鲁木齐，那是一件并不需费多少口舌的事。可他觉得一个学地质的留在城市实在是个没出息的想法，便催着领导办了手续，找了一辆便车，风风火火地赶到当时的地质勘测大队的所在地——天山南麓的和静县哈拉毛墩。

一个遍地卵石的荒滩，一个与世隔绝的角落。只有那一排排低矮的土房子告诉他，这里并不是没有人间烟火的地方。只是他没有料到，一个堂堂的地质队所从事的不是地质工作，而是开荒种地、喂猪放羊、割苇子、盖房子……定量供应的猪羊肉舍不得吃，偏偏换成活畜赶回来饲养，以扩大再生产。

他赶上了3年最困难的岁月。为了糊口，为了生存，他和大家一起苦熬苦斗。他不仅学会了与地质毫不相干的农活技术，更体验了人生的艰难。后来在野外工作中不管遇到多少艰难困苦，他都是那么乐呵呵的。火焰山的酷暑，天山深处的风雪之夜，连续十几个小时喝不上一口水，连续一两个月吃不上一口青菜，都没有难住他，压垮他。1976年以来，他先后在开都河的大山口和伊犁喀什河的托海电站负责地质勘测，每年有七八个月在野外度过。他带领地质队员爬崖跳涧，早出晚归。一双崭新的劳保皮鞋，只穿个把月就报销了。为查明地质情况，除了地面测量，他还跟随钻机打平洞、斜洞，进行地震勘探，摸清地质构造，探索断层的秘密，为电站设计、施工提供了可靠的资料。1984年，他又参加了和田河的综合考察，横穿了塔克拉玛干沙漠，完成了数千公里的水文及工程地质考察任务。

和张大用同志见面时，他刚从外面出差归来，风尘仆仆的，心里好像还装着好多事情，总也坐不下来。因此，他谈得很少，也很平常。

他说他到地质队比叶传薪晚几年。但他遇到的却是一场比自然灾害更使人痛心的政治灾难。一到工作岗位，正赶上“文革”，他也鬼迷心窍地跑回学校闹了一阵子革命。其结果，却是愈闹愈糊涂。一气之下，他又返回新疆。他渴望去拥抱边疆的山山水水，把自己学的书本知识化为一滴滴乳汁，去浇灌绿洲，绿化荒漠。但直到20世纪80年代才算真正有了大显身手的机会。

直到这时，我才明白他为什么总是那么心事重重。原来，过几天他又要奔赴伊犁喀什河的吉林台电站工地。而乌鲁木齐南郊柴窝堡地下水源的开发还时时挂在他的心上。这项直接关系着乌鲁木齐市工业和居民用水能否得到缓解的工程，自治区和乌鲁木齐市党政领导极为重视。地质队承担了水文勘察任务后，他带领一个小组，每天奔波于荒郊野外，连续工作了两三年，终于找到一个理想的地下水源带：既避开了化肥厂对水源的污染，又利用合理的坡差减去了扬水工程，为国家节约了投资。但在这项工程一时不能投入施工的情况下，他们不得不在执行新任务的同时，继续观察地下水的变化情况。于是，他除了把观测工作托付给附近一个林场之外，每隔一段时间还要亲自去查看水文记录，以便把资料完整地记载下来。工程一旦上马，他们便可以随时拿出比较准确的数据来。

三

在这座大楼里，我又结识了一位新的"导游"：勘测设计院副院长朱学长同志。

他仅53岁，两鬓却已斑白。是风沙的侵蚀，还是霜雪染成？总之，他的面貌大大超过了他的实际年龄。

他是1957年进疆的，一直在水电部门工作，当了20多年的地质队长。频繁的流动，日夜的操劳，耗去了他多少心血，他能不老吗？

我们的交谈是从对面墙上的那张巨大的地质交通图开始的。新疆的名山大川以及地质地貌都用不同的颜色显示出来了。站在这儿，你才真正懂得，新疆水电事业有着何等广阔的前景。那一条条大河从天山、从昆仑山、从阿尔泰山奔泻而出，日日夜夜散发着无以数计的能量。然而，要使这些能量为人类服务，第一位的工作就是对它进行全面普查，掌握第一手资料。要一条河一条河地踏勘、测绘。有的河流不是踏勘一次，而是多次。朱副院长说，我们的地质队员都有"第一漂"的历险记。他们背着地质锤、罗盘仪，背着行李、锅灶和粮食，一次又一次地去探险，时而攀悬崖、登峭壁，时而乘着羊皮筏子，涉过激流险滩。就这样，新疆的12条大河都留下了他们"第一漂"的足迹。

多么惊心动魄的"第一漂"啊！《长江第一漂》的电视片是令人难忘的。而我们的地质队员经历的"第一漂"却数不胜数：叶尔羌河、塔里木河、渭干河、伊犁喀什河、额尔齐斯河……他们不仅要闯过道道险关，还要辗转于大河上下，为搜集大量的地质资料而忙碌。

老朱随便拿来一根木棒，指向开都河上游，他的手不禁颤抖起来。随着他的话音，我面前出现了一支由20多人组成的队伍，正在向开都河挺进。他们躲过洪水期，利用冬季进行地质、水文总体勘察，其难度之大，可想而知。

开都河上游隐匿在群山万壑之中，河两岸布满了陡崖峭壁。所谓“第一漂”就是这样开始的：人们依靠一只只羊皮筏子的浮力，在宽阔的河面上渡来渡去。小小的筏子像一片随风飘荡的树叶，在波峰浪谷中颠簸。初冬的峡谷已是冰雪世界，河面上的冰凌不时与筏子相撞，随时有被吞没的危险。他们毫不畏惧，斜起身子迎上去，破冰而过。然后，便爬上两岸的绝壁，进行勘察工作。

可是，到了只见一线天的峡谷，羊皮筏子便失去威力。这儿水深流急，浪涛滚滚，水声夹着风声，发出震耳欲聋的巨响。若想在这儿开展工作，唯一的办法是搭浮桥。

什么是浮桥？就是在两岸的峭壁之间用木排连接起来，加以固定。这本来是他们的拿手好戏，可这次却不灵了。当他们把砍来的木头扎成木排，放入水中，企图利用水的力量将木排冲到峡谷的另一岸时，可木排一过中流，就被水浪击得四分五裂。连续放了几次，都失败了。于是，有人提出搭冰桥的建议：在河面狭窄的地方直接把树梢铺向河心，浇一次水，结一层冰，再压一些树梢。而这必须在气温最低的深夜里进行。他们在岸边生起篝火，砍来树梢，一截一截地向前压去。当树梢冻为一体时，河面上终于出现了一道彩虹般的冰桥。

天堑变通途了。他们忘了寒冷，忘了疲惫，跨过冰桥，走向对岸，勘测工作的速度明显地加快了。

为了揭开开都河之谜，从20世纪50年代到现在，不知有多少地质工作者在那里度过一个又一个风雪之夜，跨过一条又一条冰川。在野外单独执行任务时，不能回到宿营地，只好背着行李和冰得像石头一样的馒头，走到哪里住在哪里，岩洞、石缝、树丛……都是他们的落脚之地。零下十几摄氏度的寒夜，把雨布往身上一遮，眼望星斗进入梦乡。早晨起来四处皆白，他们从雪堆里爬出来，抖抖身子，又继续工作……

我不想使用艰苦奋斗或乐观主义这些惯用的词儿赞美他们的拼搏精神，这未免简单化了。他们并非天生愿意吃苦，或是以苦为荣。他们都懂得，祖国的兴旺、边疆的繁荣，匹夫有责，有一分热就该发一分光。这才是他们的人生观，也是他们为之自豪的原因。

经过他们的劳动，开都河已经敞开胸膛，献出它的巨大能量。铁门关电站不是从20世纪60年代就显示了威力吗？而装机容量达8万千瓦的大山口电站也即将竣工，将为开发建设南疆贡献力量。

不久前，又一批地质队员向开都河上游出发了。他们将跨过尤鲁都斯草原，涉过天鹅湖的沼泽地带，为规划新的水电工程提供地质资料。

离开朱副院长办公室的时候，我忽然想到元代著名诗人耶律楚材的几句诗：“从征万里走风沙，南北东西总是家。落得胸中空索索，凝然心是白莲花。”

我们的地质队员，心的确像雪莲那样纯洁美好，但胸中绝非“空索索”。他们以四海为家，新疆的山山水水都属于他们，世界上还有什么人比他们更富有呢？

四

每一个地质工作者的经历都是一部激动人心的作品。

有两位老地质工作者给我留下了很深的印象。他们是：副总工程师于庆菊和主任工程师彭敦复。

于总其人，是偶然听别人讲起的。听名字，还以为是个女性，其实是个标准的山东大汉。同他见面时，他的一番开场白却令我惊诧：“实在没什么值得谈的，我们干地质这一行的，不怎么注重个人的成绩。每一项工程都是集体创作，你一笔，我一笔，放在一块就是一幅五颜六色的图画！”

提起南疆渭干河流域的黑孜水库选坝址的事，他还记忆犹新。一条罕见的活动性断层通过水库坝址，给地质工作者提出了一个新的复杂的课题。按照常规，坝基是不能建在活动断层上的。可那里的地形却决定必须这样做。到底能不能保证工程质量百年大计呢？为了摸清地质情况，他和彭敦复等几位同志，从1966年开始就奔波于渭干河两岸的峡谷中，进行地面测绘，收集地质资料。那时，“横扫一切”的烈火已经燃遍每一个角落。有人回去闹革命了，但老于却不愿走，他领着几个人继续坚持工作，直到写出地质情况报告才下山。

也就是从这时候开始，他突然意识到病魔将要把他从地质队伍中撵出去。一下山，他的腰腿像瘫痪了一般，再也不能动弹。他被送进了医院。诊断结果证明，这是由于长期野外生活受寒所致。他住过阴湿的土屋和岩洞，蹚过多少回刺骨的冰河。他早有预感，但未引起重视。经过几个月的治疗，总算有了知觉，又恢复了活动能力。于是，他庆幸自己没有被打入另册，便又不顾一切地工作起来。因为像黑孜水库一类的问题还时时牵着他的心。

其实，他的病并没有根除。劳累过度或气候突变，便觉得从腿到腰阵阵麻木，甚至许久站立不稳。那天，我们从办公室出来，只见他用拳头不断地捶着腰胯。他说，在野外生活久了的人，大都有点毛病，你不放在心上，也就顶过去了。

彭敦复也是这样一位忠于地质事业的工程师。关于彭工这个人物，我要多花些笔墨。倒不是仅仅因为他1984年曾被评为水电部的劳动模范，又多次被评为优秀党员和先进工作者。而是他这个人既那么平凡，又那么富有个性，着实令人钦佩。

有这样一件事：在昌吉土壤改良试验场搞水文地质勘测时，一位领导为了向上面要钱，让他写一篇总结交上去，他却把场内渠道管理不善、防渗不好、渠水损失量过大等问题写了一大篇。结果报告被打入冷宫，他本人被赶出了试验场。事后有人对他说：“老彭，你怎么不按领导的意图写？你真笨!”

于是，一提彭敦复，人们很自然地把他和笨字联系起来。连熟悉他的孩子也知道他是“笨步叔叔”。

他自己在一次先进人物报告会上也是这样说的：“30年来，假如我有什么成绩的话，与这个‘笨’字是有很大关系的。”

彭敦复原是学水工设计专业的。后来只是领导的一句话，他就改行搞了地质。尽管这两个专业性质相距不远，但设计工作的优越条件以及它在人们心目中的地位，却是令人羡慕的。但老彭心里十分清楚，如果大家都争着搞设计，而不愿从事地质工作，那么设计工作岂不成了无米之炊？想到这儿，他也就心安理得地当起地质队员了，而且30年来不曾动摇过。

要说笨，这不是一种很可爱的“笨”吗？对事业的忠诚，对工作的一丝不苟，构成了“笨”的全部内涵。

老彭也提到为黑孜水库选址的事。为了那个神秘的活动断层，他们历经20年的风风雨雨，几上几下，终于做出了在老虎背上建坝的决定。现在黑孜水库已经动工兴建了。兴奋之余，人们自然不会忘记彭敦复、于庆菊等一批地质工作者的劳绩。

断层，活动断层，这抽象而枯燥的字眼，局外人一定会望而生厌。但对彭敦复来说，它的吸引力却要胜过一个采金人对金子的膜拜和向往。

当活动断层的课题出现在他面前的时候，他曾苦苦地思索过，查资料，找同行商讨，但无济于事，最终还是以极大的热情，投身到实践中去。他带一个小组，漫山遍野地跑，用铁锹挖，用十字镐刨，和大家一起观察、研究，不肯放过任何一个地质现象。比如，这里是不该出现土层的，为什么出现了？这些卵石为什么顺着长轴方向连成线？这里为什么再现了小裂缝？那些扁平的草根形状和具有擦痕的断层泥挤在一起，是不是断层活动在起作用呢？……

他向自己提出一连串的问题，从每一个细微的地质现象去捕捉地层深处的规律。一个小小的、常常容易忽略的现象，彭敦复都要反复琢磨，反复观察。不论道路多么艰险，他都要到实地踏勘。

有人说，彭敦复一铁锹就能挖出一个断层。其实，他没有这样的特异功能。他还是依靠自己的那股“笨”劲儿，闯过一个个难关。

布伦口水库是一座蓄水几亿立方米的大型水利工程，它的兴建将为南疆地区工农业发展创造条件。从20世纪50年代人们就对它寄予厚望。但因这里的地质构造十分奇特、复杂，经多次勘察都未能做出选坝的定论。1983年，彭敦复和他的同行们接过继续勘察的重担，奔向布伦口了。

布伦口位于昆仑山的公格尔峰下，海拔3200米以上，气候变化无常，一年四季“无花只有寒”。即便是夏天，也离不开棉衣。而且每天下午要刮四五个小时的大风，豆大的石砾漫天飞舞，打在脸上火辣辣地疼。初到这儿的人，还常常出现头晕、恶心、夜间遗精的症状。在这儿工作，不要说彭敦复难以适应，就连在南疆长大的也感到十分困难。可是，想到同行者已经付出的心血，想到南疆人民的厚望，谁也没有畏缩不前。他们仔细分析历次勘察的成果，运用“航片”“卫片”等先进技术手段，终于提出了盖孜河上较好的坝段。

为了论证合理的水库坝址，抓到第一手资料，彭敦复忍受着肝病的折磨，一次又一次爬上海拔4000米以上的雪峰。每天当他从高山返回营地时，他的双腿几乎是拖着走，嘴唇干裂了，泛起一层层碱花。别人劝他注意休息，他却常常把白天搜集的资料放在晚上整理，一直到深夜。

能者多劳，这似乎是一个规律。彭敦复常常碰到这样的情况：一项任务尚未完成，新的工作项目又落到他的肩上。尽管有时也觉得喘不过气来，但只要一息尚存，他绝不好意思打退堂鼓。

1984年8月中旬，他还在伊犁喀什河吉林台电站检查地质工作，队上又传来急令，要他带一个组立即到阿勒泰完成喀拉朔克水库规划阶段的地质工作。他什么话也没说，火速赶回乌鲁木齐。他知道阿勒泰的冬天来得早，工地一旦被大雪覆盖，工作就无法进行，整个额尔齐斯河流域的规划报告势必拖延下来。

时间十分紧迫。他们来不及做更多的准备，只能轻装上阵了。没有炊事员，他们轮流做饭；没有筏工，他们抱着充了气的汽车内胎划过河去。终于赶在大雪降临之前完成了任务。

30年来，彭敦复就是这样度过的，四海为家，走遍天涯。

前几年，地质队从哈拉毛墩迁回乌鲁木齐，条件比以前好多了。他又分了一套蛮像样的房子，总算有了安身之处。然而，这样的天伦之乐从来不属于他。他的脚很少踏进家门。

和老彭相反，他的妻子张华辉心直口快，十分健谈，洋溢着女地质队员的豪气。她是在华东水利学院就读时与老彭相识的。可谓千里姻缘一线牵。是老彭把她吸引到新疆的地质战线的。他们的爱情是真诚的，但没有卿卿我我那一套。两个人把行李卷往地窝子里一搬，就算结婚了。婚后便是牛郎织女，天各一方，一年中难得见几次面。即便偶尔到一块儿，彭敦复除了谈工作，也说不上几句亲热话。在感情上，老彭的确显得有点笨拙了。对妻子，他给予的体贴太少太少。为这，两个人曾经离异了一段时间，但没有吵嘴，属于和平解决。后来，老彭突然患了重病，卧床不起。张华辉念及旧情，同时也为老彭的忘我工作精神所感动，又主动回到老彭身边，精心地照料他，抚慰他，使他很快痊愈。于是，两个人破镜重圆、重归于好了。

对于地质夫妻来说，最伤脑筋的莫过有了小孩之后。张华辉是个倔强的女性，她不愿为孩子而放弃地质专业。通用的办法是送回老家，第一个送给湖南的祖母，第二个送给河南的外婆，各负其责，公平合理。

这样做，麻烦倒是少得多了，精力也集中了。但接着而来的却是父子、母子之间感情的疏远，格格不入。

“你爸爸回来看你了，快叫爸爸!”

“不，那是叔叔。”躲到门后，偷偷地看着陌生的父亲。

对母亲亦如此，不肯喊一声妈。

孩子长大了，教育也成了问题。老人们过分的溺爱、娇惯，助长了孩子的任性和骄横。一旦干出意想不到的事，悔之晚矣。

张华辉着实放心不下，便和老彭商量:“为了下一代，我们还是调回去吧!”

老彭不吭声。过了许久，才嘟囔了一句:“你看这样走了合适吗?”

“你不走，我走!”张华辉生气了。当然，她想走的原因，除了孩子，还有地质人员的待遇问题。她不明白，边疆地区的知识分子的待遇为何低于内地？这是实际问题，不能不考虑。

不久，两个人的商调函都来了。河南地质部门热情欢迎他们。

但院领导不同意他们走。找他们谈话时，十分恳切地希望他们安心边疆。最后，领导采用了折中办法，批准张华辉调离，但要求彭敦复50岁以前不能离开新疆。

老彭二话没说，当即把保证书交给了领导。

今年，彭敦复已经五十有一了，他不仅没有提过调动的事，反而于两年前把妻子从内地又拉回新疆。虽然是借调回来的，但毕竟给老彭减少了后顾之忧。

访问中，我曾结识了好几对地质夫妻。他们都有着相似的经历，共同的命运。只是女地质工作者常常要做出更多的牺牲。

那位穿着十分朴素，每天总是坐在一摞摞的图纸面前，不停地写呀写的女同志，如果只看她那略带几分矜持的神态，你绝不会想到她也当过地质队员。然而，她就是从事了30年地质工作的张炎工程师、老队长朱学长的妻子。

她本是江南淑女。1957年从武汉水电学校分配到新疆工作的15名毕业生中，有3名是女性，张炎便是其中之一。当时，她们不过十八九岁。

张炎同年轻的地质队员们一道，来到怪石嶙峋的铁门关，投入电站的地质勘测工作。每天奔波于唐代诗人岑参所描绘的“铁关天西涯，极目少行客”的高山峡谷中。她像小伙子一样，什么活儿都抢着干，爬坡越沟也不甘落后。每天收工回来，常常是满面灰尘，满身汗水。然而走进男女混住、床与床之间只有一布之隔的闷热的帐篷里，她却不能淋漓痛快地洗一洗，甚至连外衣也不敢脱。实在忍不住的时候，只有找个僻静的河湾擦擦身子。

后来，她和朱学长相爱了。但他们深知家庭与工作的矛盾是何等的不能调和！于是，他们把婚期一拖再拖，一直拖到7年之后才喜结良缘。而矛盾还是那样无情地摆在他们面前。孩子 —— 地质队员的一个无法回避的问题，等待着他们抉择。

有人劝她：“改行吧？女人毕竟是女人，夫妻都搞地质，更不合适。”

地质夫妻中的女方大都听到过这样的好言相劝。有人被劝动了心，改了行。但更多的人硬是咬紧牙关，闯过来了。她们说，既然学了地质，这碗饭就该吃到底。她们和丈夫轮流“执政”，分工合作，度过了一个个难关。后来，孩子稍大一些的时候，便送回老家。也有的随身带着，走到哪里工作，就在附近随便找一个学校。张炎说她的孩子到底转过多少次学，她已经记不清了。

五

坐在我面前的这个很标致很帅气的小伙子，名叫王玉宝，才25岁，是“文革”之后到地质队的唯一的本科大学生。他身上的那股20世纪80

年代青年人的勇于进取，敢于同陈规旧俗挑战的朝气，强烈地感染了我。

他是1984年太原工业大学毕业的，学的是水文工程地质专业，品学兼优，深得学校器重。毕业前夕，他的老师已决定携他一起到山西省电力设计院工作，或者让他留校任教。但好心的师长并不理解自己的得意门生。就在毕业分配没有公布之前，王玉宝突然决定报名到新疆工作。他谢绝了一切劝阻，连父母也顾不上打个招呼，就踏上了开往新疆的列车。

早在前一年的暑假，他就往新疆跑了一趟，列车驶过兰州，大地变得满目荒凉，然而也更显得辽远开阔。突然，一种朦胧意识闪过他的脑际："这么大的新疆难道不需要我王玉宝吗？毕业后我何不来新疆工作呢。"随着时间的推移，愈接近毕业，这种意识便愈加明晰，愈加强烈。在哈密工作的未婚妻，诚然是牵动着他的一根热线，但真正吸引着他的，却是开发新疆、开发大西北的壮丽事业。

根据新疆科技干部局的安排，他很快到新疆水利水电勘测设计院报了到，又很快到地质队开始工作。却没有料到，山西省有关部门，包括他的母校，拒绝给他办理一切手续。他手中仅有一张报到证和毕业证书。户粮关系、档案材料统统被扣压了。他成了20世纪80年代的盲流大学生。

他为此大伤脑筋，却没有因此而动摇。

一到工作岗位，他就随同张大用、张炎等老同志到了柴窝铺，投入地下水的开发工作。他的书本知识终于有了实践的机会，可以为人民做贡献了。他把一切烦恼置之度外，如饥似渴地向老同志学习，向实践学习，深得大家的好评。

市委领导来视察工作了。有人把王玉宝介绍给当时的市委书记栗寿山同志。栗书记握住他的手，高兴地说："欢迎，欢迎，新疆需要人才，希望更多的大学生支援边疆建设。"至于手续问题，栗书记答应再与有关部门联系一下。

这几句话就足够了，他不愿给领导添更多的麻烦。一个人的价值，不在于有没有正式手续，同志们也没有因此而另眼相待。没有工资，院里给他批了临时待遇；没有粮票，同志们纷纷给他支援。人间的温暖给了他莫大鼓舞，他干得更起劲儿了。

那年冬天，他父亲通过学校找到了他的下落，跟踪来到乌鲁木齐。看到儿子生活在这样一个冰雪世界，老人潸然泪下，久久说不出话来。他没有埋怨儿子的不辞而别，却试图说服儿子回心转意：

“孩子，回去吧！这里不是久留之地。反正你的关系还没转过来，山西、山东（玉宝的故乡）都需要你……”

“爸爸，我既然来了，就要在这干下去，好马不吃回头草嘛！”王玉宝恳切地说。

父子俩你一句我一句，谁也没有说服谁。但最后还是玉宝怀着依依惜别的心情，把父亲送上了东去的列车。

两年多过去了，王玉宝至今还是个盲流，每次出差，还得借粮票。但比起轰轰烈烈的事业，这些已经无足轻重了。在阿尔泰山下，在额尔齐斯河畔，当他背着地质测量仪器和干馍咸菜，同大家一起跋山涉水时，他才更加深切地懂得了青春的价值，他说：“一个人的青春是宝贵的，但只有和人民的事业融为一体，才显得光彩夺目。”

他说得多好呵！但他不是那种夸夸其谈的年轻人。这些话是他的肺腑之言，也是地质队一些年轻人的共同心声。

是的，他们的确是很可爱的。当我结识了颜新荣、石本福、王安民、崔栋这些年轻的地质队员之后，更加深了这种认识。

他们都是在水电部成都水电职工大学毕业的。崇山峻岭在向他们频频招手，滔滔大河在召唤着他们。他们毫不迟疑地加入了这支水利水电建设的先锋队，钻山沟、过冰河、住帐篷、啃干馍，像当年的地质队员一样，过着“吉普赛”式的生活。世界虽然进入了20世纪80年代，现代物质文明却与他们无缘。几个月的野外作业生活，不要说看不上电影电视，连报纸杂志也都是过期的。对于刚走上地质战线的年轻人来说，这无疑是一个考验。

谁没有自己的感情世界？他们有的已经成家，做了父亲，有的正在热恋之中，更多的人还是快乐的单身汉。他们多么渴望在紧张的工作之余，同妻子恋人约会，或徜徉于温柔的草地，或旋转在彩灯闪烁的舞厅。但在那漫长的与世隔绝的日子里，只能在梦中思念，在想象中纺织一幅幅动人的图画。……

这毕竟只是短暂的一瞬，一旦工作起来，所有的窗口便自动地封闭起来，心中只剩下地层深处的那个奇妙的世界。

对这些年轻人来说，吃苦算不了什么，使他们无法容忍的，倒是那种带着世俗的偏见的目光，那种不屑一顾的神态。

偶尔进一家饭馆吃饭，碰到的竟是冷遇。晚到的顾客受到优先招待，而他们等了又等，却不见饭菜端上来。只因他们的穿着太寒酸，蓬头垢面，说话粗声粗气，像一群野人。

你不是要赚钱吗？为何以貌取人，看人下菜碟？“叭”的一声，一摞“大团结”（人民币）甩出来了。但还是不顶用。真是欺人太甚了。

坐飞机到内地出差，也不顺利。托运东西时，几只木箱被卡下来了。

“稀里哗啦的什么玩意儿？烂石头蛋子也想坐飞机，笑话！”

“那是岩样，要拿到北京鉴定，比你还值钱！”年轻人也不示弱。

“管你值不值钱，石头不能带！”

还有比这更使人伤心的事。大年三十，从伊犁吉林台电站工地下来，要回乌鲁木齐过春节，途经伊宁市时，天色已晚。他们匆匆走进一家大宾馆登记住宿，女招待员竟然吃了一惊：

“你们是从哪里来的？这儿只接待干部，你们到别的地方去住吧！”

他们真想骂她个狗血喷头，但还是忍住气，耐心地跟她解释：“我们都是干部，搞地质工作的，只住一夜。”

“不行，客满了。”女招待员不耐烦了。

他们不信。冬天的宾馆不可能出现客满的情况。原因还是出在他们这群野人的模样上，破衣烂衫，身上有虱子，与堂堂宾馆不相称。

于是，他们火冒三丈，群情激愤。

“你们知不知道电灯是怎么亮的？”

“你们吃的自来水是怎么来的，你知道吗？”

他们素来不愿炫耀于人，更不愿以此换取同情和恩赐。一气之下，却向一个小小招等员发泄这么多。事后，他们也感到挺可笑。世间的不平实在太多了，为啥一定要让别人理解呢？

小伙子们谈到这些事，没有悔恨，也没有悲叹，仿佛在讲述一件件奇闻轶事，不时爆发开心的笑声。

“别以为我们在诉苦。其实，我们都很爱自己的工作。”

是呵，一个人，只有热爱自己的事业，他才会产生维护自己尊严的强烈感情。

自尊，多么可贵的自尊呵！

从这些年轻的地质队员的身上，我看到了两代地质工作者一样坚定的信念、一样滚烫的心愿。

面对这些给人间带来光明、带来温暖的开拓者，我想说：开拓者永远年轻，开拓精神永存！

魂系边陲

他和他的两个助手被和田河的激流吞没了。但那悲壮的一幕，谁都未曾见到，于是，人们总期待着他们凯旋……

一

1989年8月17日，乌鲁木齐市南郊，落英缤纷，一片肃穆。

殡仪馆的这间作为灵堂、作为人们悼念死者的场所，今天显得格外狭小，拥挤不堪。眼下它已无法容纳来自新疆水利水电和地质界的人们，更无法容纳他们发自内心深处的哀思。一个个花圈，一张张挽幛，一幅幅挽联，从灵堂内伸向大院，层层叠叠，密密麻麻。哀乐响起时，至少有一大半人肃立于灵堂之外。

我曾多次参加过这样的追悼会，其中不乏名人和大人物，但如此悲壮的场景还很罕见。我以为，这一切都不是因死者的职务和地位决定的，而在于他活着的时候给人们留下了什么。

“数十载踏遍天山南北，洒热血献身祖国边疆。”“友去业绩留史册，我继遗志谱新曲。”即使把最美好的语言献给死者，也无法表达人们此时此刻的哀痛心情，望着悬挂于灵堂正中的3幅死难者的遗像，人们怎能相信一个月前他们还活跃在和田河上游乌鲁瓦提地区，进行地质勘测，喜讯不断从那里传来，怎么会一眨眼就从眼前消失了呢？他们走得实在突然，实在出人意料！以致噩耗传来时，人们还期待凯旋的消息。

中间的那幅遗像名叫叶传薪。他戴着一副近视眼镜，清瘦、棱角分明的面孔透着地质工作者特有的坚毅表情。他是新疆水电勘测设计院地质队队长，共产党员，高级工程师，人们亲昵地称他“叶工”。

“叶工，您原说要赶回乌鲁木齐过中秋节的，我们一直等您，大家知道您一生辛劳，没享过一天福，特意买来鸡鸭鱼肉，为您做一顿可口的菜肴。您怎么不回来？您说话呀！”

“爸爸！我们和妈妈、叔叔都来看您了，您怎能不辞而别？我们早说了，等您退休之后，我们兄弟俩一定要好好孝敬您，您不该这样匆匆离开我们。爸爸呀，我的好爸爸！”

哭声，令人心碎的哭声啊！

叶工的亲人和战友谁都不相信他死了。

他们千万遍地呼唤着他的名字，渴望他奇迹般地出现在他们面前，像往常那样，满身征尘地从野外归来，大杯大杯地喝酒，兴致勃勃地谈天说地。

我也不相信他会死的。我俩虽无深交，但他给我留下了很深的印象。1987年为写地质队的那篇报告文学，我曾访问过他。他是一队之长，又是老地质工作者，我想在他身上多挖点材料。不料，他谈起工作海阔天空，一涉及他本人，便缄口无言了。他说，我是领导，干多干少，干好干坏，都是分内之事，你应当多写写其他同志。逼得他没办法时，他就讲点自己的经历。致使那篇洋洋万言的文章，用在他身上的笔墨却很少很少。

那年8月初的一天，我同设计院工会干部张汉文到位于南昌路的地质队驻地去看望他，握别时，三人相约，等他从南疆回来之后，要买一瓶老窖痛饮一次，畅叙一番。我翘首以待，盼望他倾吐心曲。谁料，当我再次到设计院办事时，听到的却是他不幸遇难的消息。

我不敢相信，然而却是真的。

二

出事地点在塔克拉玛干沙漠的西南缘，乌鲁瓦提峡谷。

和田河源头之一的喀拉喀什河澎湃地流过这儿，变得狭窄而九曲回环，两岸尽是悬岩峭壁。按照和田河流域灌溉工程的规划，这里将是水库工程及配套的小型梯级水电站工程的重要地段之一。新疆水电设计院地质队自四月份承担了这个地段的地质勘测任务以来，地质队员们天天都要冒着从塔克拉玛干刮来的风沙，奔波于大河两岸。他们深知自己的工作对于改变和田的落后面貌具有何等的意义，再苦再累也不能让勘测进度受影响。谁料，就在检查验收勘测成果的最后一天——那年的9月3日，叶传薪同助理工程师张喜林、沈新江在乘坐橡皮船进行勘测时，突遇激流倾覆，不幸遇难，无一幸免。

荒寂的峡谷两岸杳无人迹，地质队的其他人又在执行别的任务，也许只有喀拉喀什河能够证明，是它无情地吞噬了我们的好战友。

喀拉喀什河呀，你不为此而悔恨么？你或许不曾知道，我们的叶工是钟情于你的，新疆的山山水水他都跑遍了，他都爱得如痴如醉。从1961年揣着北京地质学院的毕业证书到新疆，至今他已在边疆的水电战线度过了28个春秋。光是他参加过的水电工程就可列出长长的一大串。只因长期的野外奔波，疾病缠身，体力日益不支，才不得不考虑提前退休。他的妻子儿女已经在西子湖畔落了脚，日日夜夜企盼着与他团聚。谁知你竟给他们酿制了这杯苦酒！那两位年轻人也是十分可爱的，他们都是自愿走进这个为世人所不屑一顾的地质队的——这是个学了地质专业的大学生都要想方设法逃避的行当，而他们却背着罗盘，提着地质锤，终日跋山涉水，风餐露宿，过着20世纪80年代青年无法想象的生活。

张喜林，这个年仅22岁的男子汉，在地质队工作不到10年，却把脚印洒满了天山南北。他是独子，年迈体弱的老母亲至今孤居河南老家。有一次，母亲来看他，他只同母亲团聚了10天，便匆匆返回工作岗位。一年中的大部分时间他都是在荒野里度过的。他的妻子为他生下一儿一女，他却常常记不清孩子的模样来，孩子平时也很少叫一声“爸爸”。只在他遇难之后，不谙世事的儿子才连声地喊着：“妈妈，找爸爸！”“我要爸爸！”

沈新江是一位县委书记的儿子，1985年毕业于新疆工学院地质系。按照惯常心理，人们揣摩着他怎么也得利用老子的权力改改行，找个安乐窝。不料，毕业后他却毫不犹豫地跟着老地质队员，一头扎到额尔齐斯河，先后参加了八项工程的地质勘测工作。阿尔泰山区的冬天，风雪漫天，滴水成冰，他们在零下40摄氏度的严寒中仍坚持工作。这次去南疆时，他还没有度完新婚蜜月，如今却撇下了年轻而美丽的娇妻。

喀拉喀什河呀，你不该夺走这些善良纯朴、为新疆带来光明和温暖的好人，你不该！

或许你会说，这不怪我，只怪他们太冒险了！尤其是叶工，他完全可以不到现场嘛，看看资料不就没事了吗？

你这样说，令人心酸。你太不了解我们的地质队员了，怎么是冒险呢？如今，中国地质勘测还是20世纪五六十年代的装备水平，羊皮筏摆渡几年一贯制，橡皮船还是这几年才有的。为了南疆人民的脱贫致富，他们必须抢时间、赶进度，装备再差也不能作为拖延工期的借口。叶工倒是可以偷偷懒，不必到现场，不必那么认真，可他不是那种不负责任的人。事必躬亲，大概是他的老毛病了，百年大计，质量第一。用行话来说，地质勘测属于前期工程，接着而来的规划、设计、施工，都是以它为基础的，稍有疏漏，将酿成大祸。他不敢掉以轻心。这里的地质构造到底怎样？能不能建水库、电站？坝址选在何处才能躲过活动断层，躲过地震带？施工中可能会出现什么问题，该采取什么预防措施？丁是丁，卯是卯，一点也含糊不得。也许正是这些因素，使他总是那么较真儿，只要是他负责的工程，他都要亲自跑一跑，看一看，否则连觉也睡不安稳。

假如那几天他不在现场，或许不会发生这样的悲剧，这是真的。可是，一个地质工作者所面对的常常是一个神秘的未知世界，随时都有可能遇到意外。第一个吃螃蟹的人难免要冒一点风险，而险情又常常出在并未感到危险的时刻。只是一念之差，只是那么一瞬，便决定了生死存亡。叶传薪不是那种拿生命当儿戏的莽汉，他一贯小心翼翼，“安全”几乎挂在嘴边，这次怎么会……

三

然而，“怎么会”的事偏偏发生了，恐怕连他自己也说不清。记忆犹新的倒是他在南疆出差的前一天晚上，在副大队长皇甫的家里，许是多喝了几杯酒，他叹息一声，突发感慨：“皇甫呵，今后的工作就靠大用和你了，你们把地质队的担子挑起来吧！”

皇甫还以为他又要谈退休回杭州的事，他却从上衣口掏出一个袖珍笔记本，伤感地说：“皇甫，这是我这几年借款的清单，账差不多还清了，放在你这儿为我保管吧，万一这次出去有个闪失，也好有个交代。”

皇甫从他手中夺过酒杯，惊愕地望着他：“你不能再喝了！”他知道叶传薪为了在杭州买房子确实欠下一屁股债，这几年他省吃俭用，总算一笔一笔还清了。但此时此刻，他却发现叶传薪的情绪有点不对头。

“老叶，你怎么说这些不吉利的话？你明天不能去了，我和大用顶你去算了！”

“不！”叶传薪本来紫得猪肝般的脸这时显得更加黑紫了，“你们有你们的工作，那里的事还是由我负责，还是我去！”

这一夜，他们喝得很多，很晚，直到皇甫要搀扶着他回自己的房间，他还那么恋恋不舍地瞅着皇甫，不肯离去。他和两位副队长共事多载，感情融洽，工作配合默契，他打心眼里留恋这个集体。万万想不到，此次出差竟是永别。莫非一个人的噩运果真会有先兆，果真会有预感么？大用、皇甫都不是唯心论者，然而他们还是后悔没能阻止他的南疆之行，他们为失去一个好战友，更为地质队失去一个顶梁柱而陷入深深的痛苦之中。

但这是没有办法的事，叶传薪就是这样一条汉子，他认准的目标，一定要走到底，谁也无法阻止。

四

对他来说，乌鲁瓦提这地方并不陌生。1984年，自治区组织和田河流域农业资源综合考察队时，叶传薪作为主要队员之一，就曾踏遍了和田河的上上下下，横穿了被探险家称为“死亡之海”的塔克拉玛干沙漠。在《和田河水文地质、工程地质考察报告》中，他不仅以乌鲁瓦提为中心论述了那里的地质概况，还详尽地分析了和田地区开发水利资源的有利与不利条件，提出了不少十分有价值的建议。据说，这篇论文还荣获了自治区优秀科技论文三等奖。

有一次，他把一本精心保存的影集拿来给我，我随便翻了几页，便放在一边了。那里面的照片实在没什么意思，一座沙丘、一块岩石、一片沼泽地、一棵胡杨、几株被沙丘包围的红柳，都是那么干干巴巴的，给人一种苍凉之感。

“这是我那年在和田河考察时拍下来的资料，你不感兴趣，我可把它当宝贝呢。”说着，他便翻开影集，一页一页、一张一张地给我讲解。他那津津有味的神态，仿佛又回到了和田河两岸。

他还告诉我，他正准备写几篇和田河考察散记。可惜因为工作太忙，只列出了几个题目，一直未能付诸文字。

和田是个好地方，我很喜欢和田，他说。可是和田人民现在很穷，要让他们早一天脱贫致富，必须充分利用和田河的水利资源，搞好流域规划工作。而这一切都离不开我们地质工作这个“先行官”。

不能不去南疆，不能不去乌鲁瓦提。

五

那天，他从叶尔羌河阿尔塔什来到乌鲁瓦提检查工作。

“你们把资料准备好，等我从布伦口水库工地回来之后，咱们一起验收，写出地质勘察报告。”他在水文站的小土屋里住了一夜，就搭了辆便车匆匆奔向昆仑山麓的布伦口了。五天之后，他又返回乌鲁瓦提，抱上地质队员的工作图纸，沿喀拉喀什河两岸一个地段一个地段地对照检查，发现些微误差，立即予以更正。一周之内，他几乎跑完了近百平方公里的勘测地段。

从大沙漠卷来的热风，到这里却变成了冷若冰霜的凉气，海拔2000多米的高山峡谷，时而下雨，时而飘雪，冻得人瑟瑟发抖。叶传薪全然不顾，每天带着地质队员漂流于大河两岸。最后，他发现还有两张地质填图没有完成，便决定和张喜林、沈新江一起再进行一次现场勘测。

他们雇了两头毛驴，驮上帐篷、气垫床、橡皮船和全部资料，从水文站出发了。那天下着小雨，冷风几乎把湿透的衣服冻成盔甲，发出沙沙的响声。他们就那样跌跌撞撞地消失在山谷中了。

一位地质师在向我叙述当时的情景。他那黧黑的脸上挂着几滴泪珠，语调显得格外沉重。

9月3日中午，我们把饭菜给他们送上山去。吃罢饭，叶工说，今晚不用送饭了，9点钟以前我们一定赶回驻地。吃过晚饭，我们便到河边去等。等到10点多，既不见船，也不见人。我们都有点儿心慌，便沿着河岸继续往上找，还是不见踪影，只听得山风呼呼地叫，河水哗哗地响，山谷里一片漆黑，伸手不见五指。跑回水文站拿来手电照明，仍然一无所获，直到第二天早晨，我们才发现河中有一只倒扣的橡皮船，接着又看到对面河滩上有个黑影被水浪拍打着，两只粗直的手臂奋力向前伸展着，好像在拼命挣扎，拼命同死亡做着抗争。

我懂了，在橡皮船倾覆之后，他们一定在滚滚波涛中搏击了很久，很久，为了抢救战友，抢救宝贵的地质资料。叶传薪水性不错，从小会游泳，但河水冰冷刺骨，冻饿交加的他，终于未能爬上岸来。

六

我想看看橡皮船，那只载着地质队员漂流于大河上下的船。

以前，我曾听老叶讲过，多少年来他们都是靠羊皮筏子摆渡的。别看那些玩意儿只是几根木棍子和几张充起气来的羊皮拼凑而成，可到了老筏工手里，却能在大江大河里劈波斩浪，勇往直前。老地质队员在没有筏工的情况下也能应付两下子，但在关键时刻那是必定要由专门聘请的老筏工来操纵的。在叶尔羌河、塔里木河、开都河、伊犁河、额尔齐斯河，地质队员就是靠着它揭开了山山水水的奥秘，为水电工程的选址、设计提供了可靠的数据。

羊皮筏子不愧为地质队员的亲密朋友。那么橡皮船呢，它可能比羊皮筏子先进一些，但我却未曾见过。那位地质师说，我们去看看吧。

不料，船已经放了气，摆到库房去了。这时，有人拿出一张照片，说这就是橡皮船。样子看起来挺灵巧，与公园的游览船相差无几，其实就是普普通通的旅游船。这种船也能成为地质勘测的工具吗？

不看则罢，一看不免让人心酸。君不见当今世界的行行业业都在更新设备，都在向现代化迈进，可我们的地质界，尤其是带“水”或“电”字的地质界，却几乎成了被遗忘的角落，不仅生活待遇差，设备也相当落后。哭得厉害的孩子总是先有奶吃。他们是硬汉子，男儿有泪不轻弹，他们的眼睛总是盯着山山水水，不屑于跟上面讲价钱，磨嘴皮子。几十年不是就这样过来了吗？要奋斗就会有牺牲，死人的事是经常发生的，但是我们想到人民的利益，想到大多数人民的疾苦，我们为人民而死，就是死得其所。这句至理名言，我们背得滚瓜烂熟，但后面还有一句往往被我们忽略的话：我们应当尽量减少那些不必要的牺牲。

叶传薪，以及先后为新疆水电事业而献身的地质工作者，他们的牺牲有没有不必要的成分呢？这样说，似乎有点降低烈士们的价值了，但的确存在着另一种可能性：假如装备先进一些，这种牺牲不是可以大大减少吗？

恰在这时，我从叶传薪的办公桌上看到这样一份报告，其中一段写道："我队每年担负着10个以上工程的地质工作，这些工程分布在全疆各地的峡谷深壑、荒无人烟之处，没有交通工具根本无法进行工作。现在我队有大小汽车6辆，"北京212"车是1986年水电部分配的，至今未报户口。因为交通运输不能满足需要，租用车辆则大大提高了成本，且有时急需而租不到车，使本队每年至少要减少三四个项目的地质任务。"

这份报告是叶传薪起草的，字里行间透着他的焦灼不安。坐着高级轿车游山玩水的比比皆是，而一辆直接服务于生产的汽车几年报不上户口，岂非咄咄怪事？但细细想来也不足为怪。社会上用于享受的汽车与日俱增，还要不断更新换代，其他便显得无足轻重了。

这种感慨，我自知是软弱无力的，不过是触景生情随感而发。它不会触动任何人的神经，也不会使任何人感到愧疚。城市街道上的汽车依然会那么豪华，那么拥挤。

果真如此，我们的叶工九泉之下也会感到不安的。

七

他是在江西万载县的一个小山村里长大的。那是个依山傍水风景秀丽的地方。春天，杜鹃花开得漫山遍野，接着是梨花飘白，茶花似雪，一年四季花开到头。

他爱家乡的山、家乡的水。儿时，他常在碧波粼粼的小河里捕鱼捉蟹。累了躺在沙滩上，沐浴着阳光，望着游云遐想。

不知从什么时候开始，他却梦想着当一名地质队员，走遍天涯和海角。那年高考，他报的第一志愿是地质，第二、第三志愿还是地质。毕业分配时，第一志愿是新疆，第二、第三志愿还是新疆。在他看来，学地质的不到大西北便失去了用武之地。

他和那时的许多年轻人一样，以“到最艰苦的地方去，到祖国最需要的地方去”为荣。他被分配到新疆水利厅。当时的大学生被视为稀世珍宝，想留在自治区首府，并不需费多少口舌，何况他还是北京地院的高才生。可他在水利厅住招待所等待分配的日子里，却四处打听水利厅所属单位中哪里最苦、哪里最需要人。当有人告诉他南疆和静的哈拉毛墩有个地质勘测大队，那里正为开发开都河流域而紧张的工作时，他二话没说，催着人事部门办了手续，就搭了辆便车直奔开都河畔了。

雄奇的西部山川，以前只是在书本里读过，当他真的在干打垒的黄泥小屋住下来，和老地质队员一起爬崖跳涧进行地质勘测时，他才真正感受到西部大自然的严酷，才知西部山川蕴藏着多么丰富的水利资源。和秀美的江南相比，这里完全是另一个世界。源于天山支脉萨阿尔明山的开都河，经过100多公里的流程，才冲出苍茫峡谷，上下落差1000多米，其汹涌澎湃之势，可想而知。他们每天就奔波在这大河两岸的千山万壑之中。

开头，他很不习惯这种野外生活，听着狂风般咆哮的开都河的呼啸，他通宵达旦无法入睡，痛苦得直捶胸顿足；而当攀登悬崖峭壁时，望着脚下浪花飞溅的河水，他又有点心惊肉跳，两条腿都是软绵绵的。可是渐渐地他就习惯了。他在一篇日记中不无自豪地写道："每当我入睡前，我总是静静地听着开都河的水声，它比家乡小河的淙淙欢唱更令人激动、神往。没有它，我不知能不能睡得很香。如今，我能在水边悬崖上行走自如，我乐于在水上、空中、吊斗里飞也似的向前滑动，渡过急湍的河流去彼岸进行勘测；我愿意坐在皮筏上驾驭着波浪在水中漂荡。每当夜晚坐在开都河边的巨石上，看着波浪翻滚的激流，听着万马奔腾般的水声时，似乎闻到了水流带来的萨阿明山岩石的香味和巴音布鲁克草原上野花的芬芳。"

地质队员大都是乐天派，总是把自己的生活描绘得富于诗情画意。吃苦、历险，与世隔绝的生活，他们已习以为常，从不以此炫耀于人，更不想让自己的亲人知道，以免他们提心吊胆。每次从野外归来，他们多是讲一些趣闻趣事，让亲人听了哈哈一笑。有人据此认为地质队员的生活很浪漫，天天游山玩水。这真让人啼笑皆非。

叶传薪无须向亲人隐瞒什么，他的妻子与他同行，搞水文地质的。他们在志同道合、互相理解后结合。度完蜜月，天各一方。职业的自豪感溢满心胸，谁也不曾皱一下眉头。一切都是天然合理的。只是每次分手时，妻子总要用凄楚的目光把他盯视良久，叮嘱几句"好自为之""千万不要麻痹"之类的话。而传薪十分自信地说："没事儿，放心吧！"

怎么能放心？每个地质队员的经历都可以写一本惊心动魄的历险记，活着的人都是幸存者。叶传薪到底有多少次化险为夷的经历，他自己也记不清了。

开都河上的大山口电站、伊犁喀什河上的托海电站，浓缩了他多少心血。他是这两项工程的负责人。为了寻找理想的坝址，提供可靠的地质资料，那些崇山峻岭中叠印着他数不清的脚印；黄羊不肯光顾的地方，他却必须攀缘而上。一根尼龙绳从崖顶拖下来，他手握绳索，脚蹬岩穴，下面是万丈深渊，一失手足便粉身碎骨。一次，为察看岩石结构，他悬空作业，因绳索滑动，身体骤然坠落，幸被一块突起的岩石托住。同行的地质队员奴尔吓出了一身冷汗。"老叶同志，你差点没命！"叶传薪只是微微一笑。事后，奴尔逢人便说："中国人都像老叶一样，共产主义早实现了！"

地质队员无时无刻都要接受大自然的挑战。每天，他们总是一块干馍一壶水，吃在野外，住在窝棚，不是头顶炎炎烈日，就是顶风冒雪。即便是酷热的夏季，只要一片云飞来，瞬间便飘起雪花，抑或一阵冰雹。那次，叶传薪领着几个人在伊犁377高地测绘时，比蚕豆还大的冰雹噼噼啪啪下了半个多小时。他们找不到藏身之地，只好把衣服叠在一起，顶在头上。但头皮还是一阵阵发麻。冰雹过后继续工作，忽然发现几只瘦弱的羊羔已被砸得奄奄一息了。

如果叶传薪还活着，这些事谁也不会知道的。开都河、额尔齐斯河畔蚊虫的叮咬，他们不会讲。那蚊子大得出奇，10个蚊子可以衔走一个馒头，叮人一口7天不消肿。小蠓虫拼命地往耳朵里、鼻子里钻，奇痒无比。

伊犁喀什河两岸荆棘丛生，被毒蛇咬了，肌肤忍受着裂肤之痛。一块块橡皮膏揭开后，便是累累伤痕。

见过叶传薪遗体的人说，他的两条腿上平均每平方厘米至少有一块伤疤。这情景，不由使人想到那些身经百战的勇士。

八

我迈着沉重的脚步走进他的家，确切地说，这是他的单人宿舍。他的妻子已于两年前退休回了杭州，儿女也不在身边。

房子里静静地，五斗橱上摆着他的遗像，那是他年轻时的照片，潇洒、俊逸，满脸溢着微笑。

他的妻子应爱琪，还有他的儿女和把他抚养成人的姐姐，是几天前才赶来的。电报只是说传薪病危，让他们火速赴乌，却不曾想到竟是和传薪永别。

眼泪流完后是出奇的平静。应爱琪不愧是个坚强的女性，尽管脸上还挂着泪痕，透着一层厚厚的哀伤，但忆起往事，忆起和叶传薪相处的岁月，每一个细节她都记忆犹新，许多被遗忘的事此刻也都在脑子里重现出来。她甚至还记得第一次和叶传薪见面的日期，记得他穿的皮夹克上的第几颗纽扣掉了，鞋子张着嘴，那副不修边幅的寒酸模样。那时，天天吃洋芋片、苞谷馍，他总是蹲在一旁，狼吞虎咽，吃得很香。

他们的结合极简单，一只木箱一张床，两个人的行李搬到一间小土屋里就结婚了。婚后还没有来得及说几句甜蜜的话就分别了，你干你的，我干我的，来也匆匆，去也匆匆。他们甚至没有认真地端详一番。说来可笑，结婚10多年后，双双探亲游太湖时，叶传薪才第一次情意绵绵地握了一下她的手。爱琪说，他的手粗糙得像锯齿似的，握得她麻酥酥的。

我打量这间房子。这是他们的第几个家，她已经记不清了，反正地质队员四处为家，搬家倒也方便。现在总算有了现代化的两室一厅，他却不能享受美满家庭的天伦之乐。孩子走了，妻子走了，房子变得空荡荡的，只有前几年做的家具还在，床、沙发、写字台、书架，做工很细，不亚于六级木工的水平。这是他自己的杰作，是“文革”赋闲时学的一点手艺。他是个粗中有细的人，无论干什么事总是十分规范，精益求精。眼下虽是孤身一人过日子，房子里依然是井井有条。书籍、资料、图纸、工作手册、日记本，整齐地排列在书架上和橱柜里。连上学时的野外实习簿至今还精心地保存着。

书籍是他最亲密的朋友。一天不吃饭是常有的事，一天不看书，他却做不到。妻子半夜醒来，还常常发现他在伏案攻读，或者抱着他的日语课本，轻轻背诵着日语单词。为了更新知识，他还努力学习李四光首创的地质力学的基本理论和方法，运用运动的观点来分析地壳的结构，探索构造的规律。工程地质上的许多难题他都能做出比较准确的判断和处理。

这间房子不仅是他的住室，也是他潜心研究地质学的资料室。那里的灯光，常常很晚很晚才熄灭。

“我还在等着他回杭州探亲的消息，”应爱琪说，“我让人做了几件家具，还想等他回去油漆。可是，一封信也没有收到，倒是给我寄了几包书，都是我的工具书。我不工作了，要那些玩意儿有啥用？他在书中夹了张纸条说，你搞了一辈子水文地质，不想留几本书作纪念吗?”

“他给我的最后一封信是出差前写的。他说，‘爱琪：我要走了，去南疆。我很想你，我写了几封信，均不见回音。你为什么不回信？见字如面，哪怕几个字也好。你走了以后，我突然感到房子太大，太空。’读完信，我哭了，我真后悔没有写信给他，不知为什么，我真的没有收到他的信。

“现在，我和孩子们都来了，他却不辞而别了！命运待我们这样无情，相逢总是那么短暂，而今分手却成了永恒。”

说到这儿，她没有哭，我的心里却酸酸的，眼泪止不住往外涌。

九

叶蓬和叶嵘，2个高大的男子汉。穿着极简朴，举止文雅。西部的体魄与南方的性格融为一体。

听着妈妈讲述父亲的往事，他们只是默默地坐在那里，一言不发。关于父亲的事他们知道得太少太少了。他们都是在断奶之后就离开父母身边的，每年只是在父母回内地探亲或出差时才能享受到一次短暂的爱抚。说父母的心太狠，那实在是冤枉了他们。谁忍心让亲生骨肉远离身边？可一些“地质夫妻”为了事业，也为了孩子的前途，只好忍痛割爱，别无选择。

叶传薪的老家没有照料孩子的条件，应爱琪便把他们送到杭州的姐姐家里。体弱多病的姐姐为把他们抚养成人，也操了不少的心。她自己有4个儿子，再加2个外甥10多口人挤在不足30平方米的房子里，那滋味是挺不好受的。后来孩子大了，有的去接受“再教育”了，家里的居住条件才得以缓解。不料，可怜的姐姐却不幸患了癌症。

正在这时，叶传薪年迈多病的老父亲也因身边无人照料，一再来信要他设法调回身边工作。

一个个难题摆在面前，他们不得不考虑个人的归宿问题了。

那时，叶传薪四十出头，正当盛年，调动是不成问题的。但边疆的水电事业更需要他，他直接负责的大山口和托海电站尚未竣工，他能一走了之吗？不要说领导不同意，就是同意，他也要三思而后行。在边疆干了几十年地质，连座电站都建不成，一辈子都会问心有愧的。

应爱琪跟他的想法不一样。20多岁到边疆，辛辛苦苦几十年，新疆的山山水水都跑遍了。我们做出的牺牲还少吗？领导也该体谅体谅我们的难处了！请调报告还是递上去了。很快，商调函也来了。

不能走！领导斩钉截铁的一句话，给叶传薪带来很大压力。他不仅要做妻子儿女的工作，还要安慰父亲，说服亲人。他写了封长长的信，劝说家人要正确对待，不要埋怨组织，不要发牢骚。他说，我虽然还没入党，但我是党培养起来的知识分子，我一定要服从大局，以党的利益为重，用高标准要求自己。至于老人的问题，他希望亲朋好友们多费点儿神。他还写信叮咛孩子们关心姨母，锻炼自己独立生活的能力。

他把信发走，又直奔伊犁托海电站工地了。应爱琪也随着开都河流域考察队，奔赴了天山深处。

转眼4年过去了。

应爱琪的姐姐，还有那位身患绝症的老人，都不幸与世长辞了！家里也发生了很多变故。

生活的各种压力和困难一个个接踵而至。他们再也无法平静了。当然，关键时刻总是女人要做出牺牲。叶传薪狠了狠心，让妻子提前退休回了杭州。又咬咬牙，到处借钱，变卖东西，买了一套房子。

房子倒是不错，却是空空荡荡的。没有丈夫这个精神支柱，生活是凄苦而寂寞的。应爱琪盼星星盼月亮，盼他早日回杭州，等来的竟是无法抗拒的灾难。

十

叶嵘打电话给我，说他父亲有几件遗物，问我要不要看。我说，拿来吧。

遗物中，有叶传薪随身携带多年的针线包、笔记本，更多的是他多年勤奋笔耕发表在各种报刊上的文章和科普作品的剪辑。其中不少篇什我曾读过。他思路敏捷，文笔酣畅，每一篇都饱含着对祖国边疆的挚爱之情。

我随便翻阅着，突然几张绿色的小纸片从夹页中落下来。拿起一看，原来是他这几年做的肝功能化验单。从1984年到1987年，每年一张。我不懂那些歪歪扭扭的符号各代表什么，但化验结果那一栏却分明写着"阳性"二字。有的项目后面标着三四个"+"号。可见，他这些年来一直是抱病工作的。

我带着化验单又跑回地质队。

说起叶传薪的肝病，应爱琪默然良久，一点也不惊奇。她说，叶传薪不仅肝脏有病，胃病也很严重。还有关节炎、鼻炎。也许是虱子多了不怕痒，这炎那炎的多了，他也就不在乎了。

那年，他在吉林台得急性乙型肝炎，被强行送回乌鲁木齐住院。住了不到10天他就跑出来了。他说他要回吉林台，那里的事情太多，待在医院心里不踏实。你不是看到了吗？大肉我吃得很香，说明问题不大嘛！

他提着包包走了，正好碰上医生到家里来找他。医生对应爱琪发了火：“你不知道老叶有病，你怎么能放他走？不要命啦？”

汽车还没开走。叶传薪正在车里坐着。医生来到汽车旁边，指着叶传薪的鼻子说：“老叶，你不能走！”

“我把药都带上了。”叶传薪笑眯眯地说：“那里空气比乌鲁木齐新鲜多了，生活也不错，是个养病的好地方。过一两个月我再回来检查，你看好不好？”

医生无可奈何地摇摇头。

过了半年，他去复查，依然如故。再过一年，还是“阳性”，“+”号一个没少。医生让他卧床休息，他答应得好好的，可一碰上有出差任务，他又悄悄溜了。他说，长期在野外工作的人谁没一点毛病？躺下去容易，爬起来就难了。

他不想念他会死，仍是拼命地工作，仍然大杯地喝酒。在野外不必说了，就是回到家里，他也闲不住，不是学习，就是整理地质资料。有时肝部疼痛起来或胃病发作时，额头上溢满了汗珠，他就抱起热水袋，仍不肯离开写字台。

我把目光再次移到叶传薪的遗像上，他只是微微笑着。病魔没能把这条汉子摧垮，和田河却收留了他。

他和边疆的缘分不浅，生前死后都和新疆的山山水水融为一体，难解难分。

十一

一棵小树长在肥沃的土地上，冷了，土壤妈妈给它温暖；饿了，土壤妈妈给它丰富的营养；渴了，土壤妈妈给它美的乳汁。它生活得很幸福很愉快，长得很结实，挺拔。但是它却有一段难忘的经历。

这是叶传薪投给报社的一篇题为《种子的故事》的寓言的开头。读着读着，我被它吸引了。它讲的是一颗种子离开土壤妈妈又回到土壤妈妈身边的经历。文字不长，我想把全文抄录下来：

那时候，它是一颗圆鼓鼓的种子，冬天的严寒和风沙没有使它失去光彩和活力。春天来了，它感到无比的高兴。但看到土壤妈妈是那样的苍白、贫瘠、满身伤痕，它不禁叹气了。它决定离开这里，找一块肥沃的土壤，发芽、生根，成为栋梁之材。于是，趁着骤然泛起的春潮，它走了。土壤妈妈大声呼唤它，它连理也不理。一场暴雨过后，太阳火红火红的，到处冒着热气，种子觉得浑身发胀，口渴得厉害。它跟石子要水喝，石子朝它发了火，让它去找土壤妈妈帮忙。后来它终于发芽了，却无立足之地。它又去找石子，请它挪开一点，让它站起来。可石子就是不答应。它难过极了。想到土壤妈妈那瘦弱但却宽阔而温暖的怀抱，不禁流下了悔恨的眼泪。它找到了青蛙大哥，请它把它背回土壤妈妈那里。当它看到它曾生活过的土地上长出葱翠的花草和树木，它心里有种说不出的滋味。

我不明白他为什么要写这样的寓言。完稿时间是1983年3月10日，正是家里要他调回内地，而他们也确实向领导递交了请调报告的时候。他不情愿做离开土壤妈妈的种子，但他又不能不做。他心里充满了种种矛盾。

记得，应爱琪跟她姐姐都说过，他出差或探亲，不管回江西，还是到杭州，总是让家里人给他播放新疆音乐。乐声一起，他就手舞足蹈，又唱又跳，好像一下子年轻了10岁。在家里住不上几天，他就急得难受。谁要说新疆不好，他总要跟人家争辩几句，甚至争得面红耳赤。他真的不愿意离开新疆，直到1985年，他还把女儿的户口从杭州迁出来，准备在乌鲁木齐落户，但几经周折，盖了那么多的章子，竟然没有办成。

他迟早要离开土壤妈妈，但终究没离开。他在土壤妈妈的怀抱里睡了。

十二

电话铃响了。长途。

和田地区水利处赵处长的声音。作为和田水利部门的负责人，他既关心遇难者的后事安排，更为地质队今后的工作担忧。那天，喀什河不仅夺走了3位战友，还带走了乌鲁瓦提地质勘测的全部资料。要实现原订计划，一切都得从头开始。如今，地质队员的情绪怎样？还敢不敢上？什么时候上？和田人民正翘首以待。

“请你放心，并请转告和田人民，我们不但要上，而且一定要搞得更好。前面的同志倒下去了，后面的不会被吓住！一个队长牺牲了，我们两个队长一块上！绝不辜负和田人民的殷切期望！”

接电话的是皇甫副队长。他像战地指挥员率众宣誓似地说，每一句话都掷地有声。

这件事，自治区人民政府主席铁木尔·达瓦买提同志也十分关心。当时铁木尔·达瓦买提正在和田视察工作，为改变和田地区的落后面貌而殚精竭虑。那天，在乌鲁瓦提扬水文站，铁木尔主席认真听取了张大用副队长关于叶传薪3位同志的遇难经过和地质队工作情况的汇报。铁主席紧紧握着张大用的手说，3位同志为地质勘测献出了宝贵的生命，和田人民是不会忘记他们的。你们回去以后还要组织力量继续进行勘测，为和田地区的水利建设做出贡献。

张大用回队之后，立即传达铁主席的指示。大家揩干眼泪，遥望昆仑，个个跃跃欲试，整装待发。

设计院那天召开回忆遇难者事迹座谈会，我也应邀参加。当我赶到那里时，会议室已经座无虚席。院领导、基层领导、离退休的老同志、机关干部、地质队、勘测队、测量队的同志们都来了，有的还专程从外地赶来。他们中有叶传薪的校友、乡友、同事，有他辛勤浇灌下成长起来的年轻一代。不管是崇敬他的，还是他曾经得罪过的同志，大家都用真挚的语言赞颂他为边疆的水电事业英勇献身的精神。

"老叶一天轻松的日子也没过上，就这样走了。"女地质师张炎同叶传薪相处20多年，她情真意切地回忆着叶传薪忘我工作的一生。讲着讲着，不禁潸然泪下，泣不成声。她还清楚地记得那个星期天，老叶到她家串门，她想留他吃顿饭。老叶却说，等我从南疆回来再说吧。谁料，这顿饭没吃，他就走了。"不过，我总觉得他还生活在我们中间，还在同我们一起工作，一起拼搏。他是我们这一代人的骄傲。"

年轻的地质队员田园得知队长不幸遇难的消息，夜不成眠，心游万仞，用诗一般的语言追思着叶工的英灵，挥笔写下了满含深情的洋洋洒洒的一篇悼词：

在这个世界上，当你活着的时候，人们只知道你能干。每个人都有自己的工作和生活，或许谁也没有过多地注视身边的一切。当你离去了，一个不同凡响的生命消失了，蓦然回首，才发现你可贵的灵魂。你使我们感到生活的充实，人生的美好。你没有走完的路，将由我们走下去！

我想，这不是他一个人的声音。

果然，事后送到我手中的那篇《悼战友》，使用了"地质队全体"的署名。

这不由使人想起了愚公移山的故事，想到电影《老井》中那些不屈不挠的人们。

叶传薪，不愧是地质工作者的骄傲，他的名字应当让更多的人铭记。

昆仑壮歌

2009年4月15日，一个令人沉痛的消息在新疆水利水电勘测设计研究院不胫而走：大家所熟悉、所钦敬的地质专业总工程师杨松青同志在赴叶尔羌河上游的昆仑山峡谷进行地质踏勘时，因突发急病，经抢救无效，不幸以身殉职，年仅42岁。

谁都不愿意相信这是真的，所有的目光都在不停地传递着惊骇与悲怆。

长期以来，总地质师杨松青为了适应野外工作的恶劣环境，每天都在坚持锻炼身体，坚持冷水浴，即使是严寒的冬季。难道一个顽强生命的背后竟是如此脆弱，一个感冒就能把他击垮？……

不久前，在地质所、在设计院机关，有人还看到他那魁梧的身影和总是灿烂的笑脸。地质踏勘队出发那天，他穿上了院里统一配发的服装，还把妻子特意为他买的红色长檐帽戴上，显得格外精神抖擞，神采奕奕。同欢送的战友和亲人告别时，他紧紧地握着每一个人的手，脸上洋溢着自信的笑容。

谁知，这竟是他留给人们的最后的笑容、最后的握别。

春天，跋涉在昆仑山巅

源于莽莽喀喇昆仑山的叶尔羌河，沿着层峦叠嶂的山谷，蜿蜒奔腾而下，两岸尽是悬崖陡壁，许多地方甚至是无人区。

他们并非不了解此次踏勘的艰难，但他们更懂得搞好叶尔羌河流域的地质综合勘察对加快南疆建设、对南疆各族人民脱贫致富具有何等的意义。

叶尔羌河是喀什地区最大的河流，年径流量64.5亿立方米，流经面积10万多平方公里，它为南疆地区的6个县和兵团所属的10个农业团场提供灌溉用水。但叶尔羌河属季节河，水量枯丰不均，这不仅需要利用水利工程进行调节，国家还要投入巨资修建10个梯级电站，以加快南疆农牧业的发展。这正是他们急切地要赶在洪水期来临之前进入昆仑山的原因。

在这支由12人组成的踏勘队伍中，有作为领队的设计院副院长王治健，有主动请缨参加踏勘的副总工程师赵晶，她是副领队、队里唯一的女性。还有富有野外作业经验的规划、水文、地质、测量、环保等方面的专家。他们中的一些人，包括杨松青，早在去年11月下旬就冒着凛冽的寒风聚集在昆仑山下，当时虽因准备不足而未能进入昆仑山的深处，却为这次踏勘工作奠定了基础。

2009年4月，春雪还没有完全消融，踏勘队员已跃跃欲试，整装待发。这是设计院地质勘测工作者的传统，年年如此。春天是他们向亲人告别、向高山大川进军的季节。只是在西部大开发的号角声中，今年显得格外急迫。

自治区党委、人民政府关于加快山区控制性水利工程开发和建设的部署、自治区主要领导的批示，激励着他们知难而上，奋力拼搏。

不仅是叶尔羌河，还有担负伊犁河、额尔齐斯河、塔里木河等30多项水电工程的各类专业人员，都已冒着料峭的春寒，陆续进入了各自的岗位。全院80%的专业人员都到了第一线。

4月9日，综合踏勘队从乌鲁木齐出发，杨松青一路谈笑风生。坐在车里，他的手机铃声不断，不是项目负责人报告工程进展情况，就是他向工程地质人员叮嘱注意事项。作为地质专业总工，2009年是他最忙的一年，春节一过，他就接手了南北疆十几个工程的核定和审定工作，超过往年的好几倍。

到库车那天，刚吃过晚饭，他就急着把几个年轻人叫过来，打开叶尔羌河区域地质图和卫星图片解译资料，一块研究分析。他对这次即将踏勘的叶尔羌河上游的康克江格尔电站坝址是否有麻扎断裂一直放心不下。断裂是一个非常复杂的地质现象，处理不当会严重影响工程的布置，大大增加技术处理的难度和工程造价，还会留下难以预料的工程风险。他说这是关系到能否“百年大计”的事，一定要搞清楚，决不能掉以轻心。

踏勘队越过海拔3800米的库地大坂和5100米的麻扎大坂后，到了中、印、巴交界处的塔吐鲁沟哨卡，便无路可走了。往后的路况越来越差，山高坡陡，只能像登山队员一样徒步沿着曲折的牧道，一步一滑地往上攀登，稍有不慎，便会堕入深涧。虽然租用了几峰骆驼，并有5名塔吉克族驮工带路，但骆驼不能负载过重，只能驮运行装和设备，只能救急，或过河涉深水时才用。

对杨松青来说，走这样的路早已习以为常，只是这里海拔虽然不高，而空气却明显的稀薄。那天从杏子沟出发不久，他走着走着，竟微微有点喘息，气色也不大好。上拉力大坂前，好几人都有高山反应，谁也没有在意，杨总更没把它放在心上。走在他身边的工程师赵智发现他爬山有点吃力，便劝他到老乡家里休息，说等到队伍返回时再来接他。他听了连连摇头：“那怎么行？我一定要去，一定要爬上去，我还要到明斯坤看看三级电站的厂址呐。”

三级厂址是这次踏勘的重点，从地质图上发现，这里的地质情况比较复杂，他要亲自看看，心里才踏实。他说，踏勘的“踏”，不是带个“足”字边么，就是要我们到现场去察看，了解真实情况。不到现场算什么踏勘！

说着，他便扯开嗓子唱起歌来了，先唱了一首信天游《黄土高坡》，接着又唱了他最喜欢的《地质队员之歌》。

这支歌在他们中间已经流传了很久，大家都会唱：

是那山谷的风，吹动了我们的红旗；

是那狂暴的雨，洗刷了我们的帐篷，

我们有火焰般的热情，战胜疲劳和寒冷。

背起我们的行装，踏上层层山峰，

我们满怀无限的希望，为祖国寻找丰富的宝藏。

悠长而激越的歌声在山野中回荡，让队员们精神为之振奋，都情不自禁地跟着吼了起来。后来才知道，当时杨松青已感到身体相当疲惫，只是他不愿意让大家为他担忧，影响团队的情绪。所以，当有人察言观色、要对他特别关照时，他总是一口拒绝。他要让你觉得什么事儿都没有，有点高山反应是正常的，不必大惊小怪。

他在高原患感冒已不是第一次了。1993年，他和地质工程师汪海涛一行到喀拉喀什河上游的康西瓦沟进行勘察时，上山之前就有症状，但他非要上去不可。那个被称为"死亡之谷"的康西瓦，活断层从麻扎大坂延伸过来，地质情况相当复杂。原来由地方水电部门在那里勘测规划的水电工程，需要进一步勘测。不料，刚进沟口，汪海涛踩上一颗铁钉，脚部受伤。为了摸清确切的地质情况，他便一个人漫山遍野地跑，全然不顾头昏脑涨。最终发现了原规划的水电工程正处在一个断裂上。他立即取出岩样，又去寻找新的坝址。小汪见他脸色憔悴，担心病情加重，几次劝他休息，他却总是笑眯眯地说，"没事，咬咬牙就挺过去了！"

多年跑野外的人，这样的事不知经历过多少回，都是靠着这种"咬咬牙"的精神闯过去的。这是长期野外生活磨炼出来的性格，只要能忍耐，绝不肯后退半步。

不用担心，我不会倒下的

翻过海拔3400米的拉力大坂，踏勘队夜宿在一个名为明斯坤的只有几户人家的塔吉克族村庄。晚上，跋涉了几天的踏勘队员正要进入梦乡，却发现身体不适的杨松青开始发烧，他的感冒症状明显在加重。夜里，有人听到他在不停地咳嗽。心细的赵晶立即给他吃了两粒感冒药，症状略有减轻。早晨起来，他还惦记着明斯坤三级电站厂址勘测的事，坚持要和大家一起上山。王治建果断地拒绝了他，并决定踏勘队提前下山。

想不到的是，当驮工小心翼翼地把他扶上驼背，艰难地爬到大坂顶峰时，一场沙尘暴席卷而来，豆粒大的石砾漫天飞舞，打在脸上火辣辣地疼。昏暗中，灰头土脸的杨松青已经气喘吁吁，昏昏欲睡。下大坂时，驮工领队奇拉克紧紧地把他抱在怀里，并有两个队员尾随着他，但他还是坐不稳，身子被大风吹得摇来摆去地。为了避免意外，奇拉克不得不把他绑在自己的身后，并由一个驮工牵着骆驼，缓缓地往山下走去。

黄昏时分，踏勘队在一座无人居住的牧民房子里住了下来。几个人把杨总扶进阴暗的石板屋，给他量体温、量血压、喂药、输氧…… 但杨松青的病情并没有好转的迹象，嘴里不停地说一些有关网络、计算机之类的梦呓般的话，似乎还在想着工作中的事。

两三天来，大家没有吃过一顿像样的饭，都是边走边啃点饼干和巧克力。此刻一个个已经饥肠辘辘、精疲力竭。但为了抢救杨总，大家已经顾不得疲劳和饥饿，纷纷围在杨总身边。有的用冷水给他擦背、擦腋窝，有的用酒精为他实施物理降温，有的为他炖羊肉汤。大家只有一个念头，一定要让杨总战胜疾病，渡过难关。

看着杨松青蜡黄的脸，王院和赵总更为痛心疾首，一面请奇拉克尽快到温泉沟把乡村医生接来，一面将杨总的病情向于院长报告，请求上级速派直升机救援。

谁都明白，人在高原，即使有回天之力，也不可能在几小时之内前来营救。何况动用直升机尚需一个层层申请和批准的过程。

焦灼的等待中，奇迹突然出现了。夜半时分，杨总病情明显好转。他脸色微红，精神焕发，和大家谈工作，忆往事，不时开个玩笑。说到1993年在康西瓦踏勘他是如何顶着感冒完成任务的时候，还显出很轻松的样子，笑眯眯地宽慰大家："你们不用担心，我不会倒下去的，我还有好多事没有做呵！……"

看着他有说有笑的样子，大家如释重负，问他想不想吃点东西，他说，什么都不想吃，只想喝点萝卜汤。

高工彭亮听罢立即选了一根随身带的大白萝卜，给他做汤去了。他把萝卜削了皮，切成薄薄的片，慢慢地炖着。

小彭跟杨总感情特深，他大学一毕业就在杨总身边，不只是学业务，更是耳濡目染地学做人。这次出来，一路上他又和杨总同乘一辆车，他一直都在为杨总的身体担忧。他想起有人说过，在高原上得病，只要还想吃东西，就能延续生命。所以他要把汤炖得有滋有味，让杨总高高兴兴地喝下去。

温泉沟的库木力医生终于来了。想不到，他给杨松青检查完身体、开完处方，竟向大家报告了一个难以置信的消息：杨总的病已发展为肺水肿，生命处于垂危。

人们一下子惊呆了！

赵晶的丈夫是个医生，她懂得肺水肿的严重后果，据说这种病会在几小时内导致心力衰竭，特别是在高原、在不具备医疗条件的情况下。

难道杨总真的没救了吗？真的要离开我们吗？

救救他吧，救救我们的好杨总！……他们抓住医生的手频频恳求着。

库木力已经尽了最大的努力进行抢救，但希望十分渺茫，他的脸上显出一副无奈的样子。

彭亮端着炖好的萝卜汤走到杨总身边，轻轻地呼唤着:“杨总，汤炖好了，喝一点吧，暖暖身子!”

杨总已陷入昏迷，毫无表情。

赵晶满眼泪水地走进房子，王治健正坐在杨总的身后扶着他。本来规定大家轮流守护杨总，此刻谁都不肯离开，都眼睁睁地瞅着他，盼望奇迹再次发生。

然而，奇迹再也没有出现，杨松青的心脏就此停止了跳动，再也没有睁开眼睛。时间是2009年4月15日9点零2分。

杨松青就这样走了。他走得这样急促，这样悲壮，以致还没有来得及对他实施营救，他就匆匆离开了这个世界。

杨总，我们送你回家

最早得悉这个消息的于海鸣院长，脑子里顿时一片空白，泪水模糊了双眼。他的沉痛心情无法用语言来表述。

两天前，当他得知杨总身体不适的信息，一直坐卧不宁。当时，他正在于阗县吉音水库检查工作，他还准备去阿尔塔什工地。南疆几个大的工程项目，他都要到现场去察看。许多问题还要同地方有关部门协调。那几天他忙得团团转。

然而，再大的事也比不上人的生命重要，人命关天呵。

王治健要求派直升机进行救援的电话，让他预感到杨总病情的严重。他一面让院里派人向水利厅、自治区报告，一面与喀什地区党政军领导取得联系。他频繁地往返于叶城、莎车、喀什之间。

求援消息传到自治区，受到高度重视，要求立即采取措施。新疆军区朱司令员、田政委亲自协调军地联合营救，立即启动了应急指挥机制，并向原兰州军区申请了直升机动用计划。

南疆军区、喀什地区都对救援工作进行了全面部署，拟定了营救方案。叶城、塔什库尔干和当地驻军分别组成3个营救指挥部，并制订了救援的具体方案和措施。

但是天公不作美，由于连续不断的沙尘暴天气，直升机救援计划被迫取消，营救只有从地面开始。

得知这一消息的踏勘人员，临危不乱，决定将杨总的遗体绑在骆驼上，先运到达克里青河汇合口的塔吐鲁沟哨卡，以便让汽车运下山去。

一切安排妥当之后，他们把设计院的院旗庄严地覆盖在了他的遗体上。

面对滚滚叶尔羌河，背靠群山万壑，大家垂泪肃立，心游万仞。

“杨松青同志，我们的好兄弟，踏勘队全体同志送你回家！一路走好!”

王治健带领大家连喊三遍。这发自肺腑的深情的呼唤，久久地回荡在茫茫山谷中，连巍巍昆仑也为之动容、为之落泪了。

同一时间，营救的队伍正从叶城、从塔什库尔干、从部队的驻地出发，向达克里青河汇合口处聚集。他们都怀着对杨松青和全体地质踏勘队员的崇敬之情，日夜兼程地跋山涉水，向昆仑山谷进发，以便尽早将杨总的遗体运下山。

也许，许多人并不了解杨总其人，但水利水电地质工作者为南疆建设、为各族人民英勇献身的精神，令他们感动。叶尔羌河畔的各族人民将永远记住杨松青，记住那些舍身忘我的水利水电工作者。

杨松青走了，却还活着

有的人活着，他已经死了；有的人死了，却还活着。

这是中国著名诗人臧克家的名句。它深刻地揭示了两种不同人格的本质。杨松青死得其所，死而无憾，虽死犹生。

21年前，杨松青从南京河海大学毕业。他学的是工程地质及水文地质专业，这是父亲杨必林给他选定的。父亲是20世纪50年代从武汉水电学校毕业志愿支边的，一直在额尔齐斯河畔从事水利工作。他想让儿子继承自己的事业。儿子大学毕业后，又是他亲自领着儿子找到地质所长张大用，找到他的同窗好友、水电设计院的地质总工彭敦富。彭总直截了当地问，你儿子是愿意坐机关，还是搞专业？老杨说，年纪轻轻的蹲机关有啥出息？看在老同学的面上，你就把他当自己的徒弟收下吧。说着，杨松青就给彭总深深地鞠了一躬。

万万没有想到，就在杨松青参加工作的第二年，他的父亲在一次外出执行任务中遭遇车祸，不幸以身殉职。万分悲痛之余，他愈加明白了父亲的一片良苦用心，便更加严格要求自己，要以实际行动继承父亲的遗志。他拜彭总为师，遇到难以解决的问题，就主动地找彭叔叔求教。而彭总对他则像慈父一般，既热情帮助他，也严格要求他，只要发现工作上出现的问题，便不留情面地批评指点。而杨松青总是像小学生似的洗耳恭听。

这次出差临上车前，杨松青还跑到楼上，特意跟彭总打了个招呼。他什么话也没说，只是微笑了一下。每次出差，他都要到彭总这儿来一趟的，不多说什么，看看就走，就像儿子和老子的关系。

我发现彭总哽咽了。这位已退休多年、仍在为水电事业奉献余热的古稀老人，眼看着这个奋发有为的年轻人一天天成长起来，挑起了大梁，如今却不幸走了。他心里不知是一种什么滋味儿。

在相识或陌生的人群中，我继续倾听着如诉如泣的声音。

“在生活中，我们时常看到、听到、读到一场场生离死别，虽然让人触目惊心，但总觉得离我们很远很远。没想到，它的这次造访竟来得如此凶猛，让亲爱的杨松青同学在生命最绚烂的时刻突然中止了意气风发的步伐，让今年的春天在我们的眼中顿失了所有的光彩。……"

这是专程从福州赶来的、他的大学同窗王俊英先生的一番痛彻心肝的悼念。多年来相知相交，他们结下了深厚情谊。几年前，当他看到老同学的工作环境和待遇如此之差，曾打算把他调到福建去工作。福建，无论是自然环境，还是物质待遇，都要优于地处边塞的新疆。但杨松青却不为所动，他唯一的理由是，新疆更需要他。

不光是福建，还有北京、天津等不少地方的同学也都给他透露过这样的信息。只要他愿意，调到任何一个地方，都是轻而易举的事。可是他都一一婉言谢绝了。在他看来，人活着，并不是光为了追求物质生活条件的优越，人活的应该是一种精神。

大鹏展翅，并不是梦

杨松青英年早逝，不辞而别，最悲痛欲绝的，莫过于他的亲人。

杨松青的老母亲，一位年近古稀的老人。20年前，她送走了自己的丈夫、曾任哈巴河县水利局局长、在水利战线奋斗了一生的杨必林，今天又要送自己的爱子，这对她是何等的打击！

中年丧夫，晚年丧子，这是人生最大的不幸。她无法接受这样惨痛的现实。但与此同时，她却不能不为自己的丈夫和儿子感到骄傲，她的两个至亲至爱都为边疆的水利事业而殉职。难道说，这不也是一种奉献吗？

杨松青是个很孝顺的孩子。每次出差，他都要跑到她的住处，跟她说几句安慰的话。这次去叶尔羌河之前，他又来了，"妈，妈"地不知喊了多少遍。好像再也见不到妈妈似的，他紧紧地抓住妈的手不放。

妈说："儿呵，你要走了，妈只想跟你说两句话，第一，我们支持你的事业；第二，钱挣多挣少都是小事，要抽时间多陪陪你的媳妇和孩子。"

杨松青愧疚得直想流泪。这些年，他对家人关照得太少太少，在感情上欠他们的太多太多。他并非不想和家人亲热，只是选择了地质这一行，就要义无反顾地做到底，就要尽其所能做到最好。他把时间和精力几乎都花费在工作和事业上了。

妻子是最了解他的。两个人相识相爱，结了婚，蜜月还没有过完，他就到伊犁河吉林台电站工地出差了。他说那里有好多好多事在等着处理。偶尔回家一趟，常常还要把单位上交给的工作拿回家里来做，有时加班到很晚，妻子一觉醒来，他案头的灯还亮着。

这些年来，他更是忙得不可开交。除了工作，他还要抽出时间学习地质领域的新知识、新概念和新技术。他对计算机新软件的技术掌握和应用，在整个水利水电系统都可以说是佼佼者。他先后攻克了许多技术难题，众多项目荣获了部级和自治区奖，并有几十篇论文在国家重点期刊发表。

2006年9月，由中组部、教育部、科技部、中国科学院联合实施的西部地区高层次人才培养计划，杨松青被选派为第三届“西部之光”访问学者，还要到中国水利水电科学院去研修一年。

临走前，儿子杨坤抱住他又蹦又跳。尽管又要天各一方，苦苦地思念，但他为有这样的好爸爸感到无比自豪。

在孩子面前，爸爸永远是一座高山，是摧不垮的长城。

杨松青在家的时候，只要有些许空闲，他总要陪着儿子玩，不是领着他散步、吃汉堡包，就是看电影，以补偿自己欠下的感情。他和儿子是最亲密无间的朋友，他教儿子编电脑程序，下载游戏，学新概念英语、学摄影、唱歌，培养孩子的多种兴趣。他从不放弃对儿子循循善诱地进行道德品质教育。有一次，乌鲁木齐市为一位见义勇为的烈士举行追悼会，他就带着儿子坐上公交车，赶到了现场。在那种氛围里，他不需要说什么，孩子受到的是一种正义的感染。

杨松青这次出差前那个晚上，小杨坤一直端详着院里发给他爸爸的那顶军帽和爬山用的手杖。他把军帽戴上，把玩着手杖，爱不释手。爸爸说：“你要喜欢，这两件东西都送给你。我要走了，你可要好好保护妈妈呀。”

小杨坤躺在爸爸怀里，久久不愿离开，他万般感慨地说：“爸爸，一家人在一起多好呵，为什么老出差呀？”

这样的话题，儿子不知说过多少次了，无须他解释。杨松青出差在外的时间，妻子做过统计，每年最少也有250天，去年竟达到320天。多少年来他从未在家里过一个生日。每个搞地质的都有这样的体会，出差前，孩子总是要和爸爸撒娇地睡在一起，那是一种脉脉含情的依恋。但第二天早晨醒来，爸爸却已经走了。

而杨坤这次和爸爸的分手，却是永别，这是他无论如何也没有想到的。那几天，他发现妈妈的神情有些异样，便试探着问妈妈：“妈妈，爸爸什么时候能回来呀？他答应给我下载游戏呐！”

杨松青不幸遇难的事，她一直没敢向孩子透露，唯恐只有12岁的孩子承受不住。

但是，到了和遗体告别的那天，孩子便一切都明白了。没想到，孩子却异常坚强。他知道爸爸是因公殉职，壮烈牺牲，只是默默地哭泣，默默地为爸爸哀悼。

爸爸走了，他就是家里的男子汉、妈妈的精神支柱。当妈妈和奶奶难过时，他就主动地走近她们身边，给她们擦泪，让她们节哀，保重身体。

他不无骄傲地告诉妈妈，就在爸爸牺牲的那天，他做了一个奇怪的梦，梦见爸爸身上长出了翅膀，变成一只雄鹰，展翅翱翔，越飞越高，一直飞上了慕士塔格峰……

小杨坤的这个梦太神奇了。其实这不是梦，这是一首悲壮的诗。这不禁让我想起了庄子的《逍遥游》。

庄子说：“北冥有鱼，其名为鲲。鲲之大，不知其几千里也。化而为鸟，其名为鹏。鹏之背，不知其几千里也。……”

鲲鹏展翅，所向披靡，是一种英雄壮举。庄子借此热情讴歌了一种强大的力量和高远的志向。

在我看来，孩子所梦见的鹰，其实是一只展翅高飞的大鹏。

这大鹏，让我浮想联翩。几十年来，为新疆水利水电事业献身的人，可以开列一个长长的名单，他们既是普通人，也是一只只让人仰慕的大鹏。

于是，我又想到那天同杨松青遗体告别的仪式上，于海鸣院长的一席铿锵有力的话：“杨松青虽然已经离开了我们，离开了他热爱并为之奋斗一生的水利事业，但他的敬业和奉献精神，将激励我们发愤图强。他战斗过的这个集体会更加坚强，更加团结。……”

于院长的话与其说是悼念，不如说是激励、是化悲痛为力量的誓言。水电人必将以杨松青为榜样，继续发扬“特别能战斗、特别能吃苦、特别能忍耐、特别能奉献”的精神，在水利水电战线上谱写新的篇章。

克拉玛依印象

最荒凉的地方

却有最大的能量

——艾青《克拉玛依》

在过去出版的地图上，是否曾标过克拉玛依这个名字，我没作过考证，如今已没有考证的必要了。对于20世纪80年代的人们，即便是一个低年级的小学生，克拉玛依也不再是陌生的了。一首《克拉玛依之歌》流行全国，从20世纪50年代末一直唱到今天，可见它在人们的心目中有着怎样的位置。

你这样雄伟，

这样美丽；

我要跑近你，

我要歌唱你。

你是大西北的宝石，

啊，克拉玛依！

……

说实在的，这歌词并不怎么动人，和今天的某些流行歌曲相比，它未免显得单调了些。尽管如此，人们还是那么喜欢它，百唱不厌，流传至今。这原因也许很难用几句话说清，但只要你到克拉玛依住上一段时间，沿着准噶尔盆地的西北缘跑一跑，看一看，你就会懂得这片曾经被称为“饥饿的土地”的克拉玛依蕴藏着何等巨大的能量，就会发现《克拉玛依之歌》的魅力之所在。

简直不敢相信，古老的成吉思汗山下的这片浩瀚的荒漠上，过去只有黄羊、野狼出没的地方，如今已经矗立起一座令人瞩目的现代化城市。漫步在宽阔的柏油路上，仿佛置身于神话般的世界。刚刚吐出新绿的风景林两侧，新颖别致的高层建筑，鳞次栉比，绵延数里；整齐而规则的工人新村一片连着一片。每一家的阳台都是一个绿色的世界、花的海洋，处处散发着浓郁的芳香；到了夜幕降临的时候，你会听到从各家窗口飘溢出来的开心的笑声，那是人们在欣赏电视台正在播放的来自北京的电视节目和油城新闻。……

这里不仅是新疆石油工业的统帅部，也是石油工人游览和休憩的地方。每到节假日，公园、游泳池、影剧院、露天灯光球场都要接待成千上万的身着节日服装的各族工人。

而我更渴望知道的是这里的变迁。我们的石油工人怎样用双手在克拉玛依这块亘古荒原上绘出了一幅雄伟壮观的图画——建成了一个从地质勘探到油田开发、从原油输送到产品炼制的一个具有相当规模的现代化油田。

汽车把我们送到了矿史陈列馆。他们把尚未整理就绪的20世纪50年代艰苦创业馆和20世纪80年代重点转移馆，破例地向我们敞开了大门，给我们提供了两个了解克拉玛依的窗口。

艰苦创业馆

这里展出的是20世纪50年代的石油工人脚踏荒原，风餐露宿，从打出第一口井到建成我国第一个大油田的动人画面。我们的目光首先被那支由8个民族组成的青年钻井队所吸引。他们是1955年7月最先闯入克拉玛依的创业尖兵。那一页页、一本本发黄的勘探队员的日记；那浸透着血和汗的手套、衣服；那磨损得油漆斑驳的背水壶和原始工具；还有散布在沙原上的帐篷和木板房；跋涉在沙丘上的驮水骆驼队……每一幅图片，都不由得使人想到创业的艰辛。但是，英雄的石油工人胜利了！他们揭开了荒漠之谜，唤醒了沉睡亿万年的克拉玛依，用结满厚茧的双手给我们祖国奉献了一颗灿烂的明珠。

当你看到首都人民抬着克拉玛依油田的巨大模型通过天安门广场时万众欢呼的那张巨幅照片（1956年国庆节拍摄），你会发现，这座戈壁油城的出现，在全国人民的心灵深处引起了怎样的震撼。

20世纪50年代中期，正值我们年轻的共和国站在起飞线上，她多么需要能源，需要展翅高飞的动力。克拉玛依这颗明珠的出现，无疑具有难以估量的价值。这时候，只有这时候，你才能懂得，在那正喷射着黑色油龙的油井旁，为什么会再现那样欢呼雀跃的场景；为什么围着熊熊篝火、啃着冻馒头的工人的脸上会绽放出那样幸福的笑靥。

重点转移馆

踏进厅口，一扇自动控制的新疆石油勘探开发示意图的平面模型，就向我们展示了一幅同20世纪50年代创业馆迥然不同的画面。那密如繁星的亮晶晶的灯泡几乎覆盖了天山南北，每一个光点不是显示一个井架，而是一个石油勘探开采区的标志。在克拉玛依这块5300多平方公里的土地上，沿着准噶尔盆地的西北缘，由南向北，布满了数不清的光点。其中有名的白碱滩如今已经成为钻探、采油、炼油、试油的基地。接下去向东延伸，一直到吉木萨尔，点点灯光简直使人目不暇接。专门从事石油勘探的具有世界先进水平的地震队，已经深入古尔班通古特沙漠的腹地。新的钻塔正在那里崛地而起。

给我们解说的陈列馆的负责人，是一位老克拉玛依。他兴奋地告诉我们，新疆在巨厚的沉积岩中，有海相地层和陆相地层。能够生油的地层至少有第三系、侏罗系、三叠系、二叠系四大套，还有下古生界海相石灰岩层、白垩系海相地层等。克拉玛依是个藏龙卧虎之地，石油开发具有相当广阔的前景。

对于我们这些人来说，他的解说有如天书般难懂。但从他那溢于言表的喜悦之中，使人感受到20世纪80年代的克拉玛依正以矫健的步伐向着更加灿烂的未来迈进。

是的，克拉玛依的雄伟、壮丽，绝不仅仅体现在一座座现代化建筑的兴起——虽然这也是很可观的，但石油工人的壮举却是在地层深处，在几千米以下的神秘世界找到石油，并让它流出地面。这不仅需要现代化的科学技术，需要集体的智慧，还要有那么一种敢于拼搏的精神。

矿史馆不仅让我们看到了克拉玛依人的脚印，更向我们展示了克拉玛依人的胸怀。但是当我们走访了油田统帅部的指挥员们和那些默默无闻的科研工作者，当我们踏上机声隆隆的钻台，走进石油工人的帐篷和列车式营房时，我们才意识到，我们对今天的克拉玛依，对今天的石油工人，了解得是多么肤浅！

您听说过百口泉这个地方吗？顾名思义，百口泉自然是泉眼众多，水波荡漾之地。只是这里的泉眼不仅超过百口，而且从泉眼源源外流的不是水，而是人们企盼了多少年的石油。如今，这里已安装了300多台采油树，日产原油2500吨。每到夜晚，十里油区一片灯海，远远望去，像缀满夜空的星群，闪闪烁烁，十分壮美。

有谁会想到，3年前的百口泉还是一片人迹罕至的荒滩。20世纪50年代末期，这里虽然也打过井，但由于设备落后，地质资料不明，没有打出油来。人们不能不为克拉玛依的前景担忧。“十年浩劫”使油田生产受到严重影响，领导干部和知识分子被打入十八层地狱，油田陷于一片混乱。要平复创伤，恢复生产，不仅需要勇气，也需要时间。

克拉玛依还有没有更上一层楼的希望？这个大问号像个无形的石头压在人们的心上。党的十一届三中全会像一股强劲的春风，吹散了郁积在人们心上的阴云。油田党委高屋建瓴，势如破竹，带领各级干部和广大知识分子解放思想，开阔视野，并大胆引进外国先进技术和设备。经过短期勘探和地震测量，不仅发现克拉玛依处在一个大断裂带，而且探明三叠系、二叠系都有油，石油储量之大完全出乎人们的意料。

真是“山重水复疑无路，柳暗花明又一村”。

喜讯传开，人们奔走相告。油田党委调兵遣将，首先在百口泉摆开战场。三月的克拉玛依，积雪刚刚开始消融，人们便冒着凛冽的寒风，从四面八方涌向百口泉，在荒原上支起帐篷，安好井架，揭开了百口泉大会战的序幕。

百口泉是有名的风区。但漫天风沙没有动摇人们向百口泉要油的决心。有一次，百口泉刮起12级大风，汽车挡风玻璃被打得粉碎，200多顶帐篷几乎被撕成碎片，整个战区停水断电。可是大风一停，工人们立即投入抢修设备、维修线路的斗争，很快恢复了生产。

请原谅我使用这些毫无光彩的语言，来描述这场对克拉玛依的前景有着决定意义的大会战。这场会战的确是了不起的。当年勘探，当年受益。3年光景，打了300多口井。可谓速战速决。至关重要的是那个大断裂带的发现——在搁置了20多年的地方找到了新油层，打出了高产井。它给人们带来了巨大的鼓舞和希望呵。

我们所到之处，几乎每一个人，即使是那些根本不懂地质学的外行人，都像讲神话似的向我们提起这个断裂带。有人还拿出图纸，不厌其烦地给我们解释冲积扇与断裂、断裂与储油的各种关系。这使我们觉得很有意思。一个断裂带的发现，居然牵动了那么多人的心！可见它不是一个单纯的理论问题。它使我们看到的是，人们对石油工业新局面的向往，对未来的渴求。

石油局的领导同志在同我们谈起这件事的时候，他们的目光中分明透露着喜悦和信心。他们说，百口泉这一仗是实行工作重点转移的第一个战役，不仅打出了速度，打出了水平，也打开了他们的眼界。过去，他们是摸着石头过河，走一步看一步，只看到眼前的一小块天地。会战开阔了他们的视野，从那个200多公里长、20多公里宽的大断裂带上看到了克拉玛依的新曙光。为了这个，他们这些曾经驰骋荒原的创业者，不知度过多少不眠之夜，洒下了多少汗水！如今，他们又在部署新的战役，率领石油大军从百口泉起步，向着新的目标攀登！

在办公室，在家里，在汽车上，他们无时无刻不在谈论勘探，谈论钻井，谈论老油区的挖潜、新油区的开发，谈论新局面的开创……他们废寝忘食，熬红了眼睛。在办公室里很难能找到他们，到家里也难得碰上一面。有人说，他们都把自己的一颗心泡在石油里面了。

那天，走访任荣堂副局长时，他的办公室正好锁着。几经打问，才知道他正参加常委会。我们本不想打扰他，但一位热心同志却替我们把他请出来了。任局长是我国第一代石油工人，20世纪50年代从玉门来到克拉玛依时还是个腼腆的小伙子，如今已经50多岁了，细高的个子，背微微有点驼，一张黧黑的脸显得很消瘦。但从他侃侃而谈的神态上，不难看出，他的精力依然很充沛。创业初期，他所带领的那个钻井队在克拉玛依发明了快速打井法，成为全国石油战线赫赫有名的标杆队。今天，老将不减当年勇。百口泉会战时，他亲临第一线，吃在工地，住在工地，日夜操劳。提起那些日子，他还感慨万端，在办公室里来回踱着步子。他乐呵呵地告诉我们，会战以前他原想离开克拉玛依的，但那一仗打下来，他的念头彻底打消了。克拉玛依有希望、有奔头了，他不能在这个节骨眼儿上离开！在我们同他谈话的时候，送文件的向他请示汇报工作的、找他解决问题的，一个接着一个，络绎不绝。他不得不停止谈话，处理那些千头万绪的工作。

在克拉玛依的日子里，我们还走访了那些在科研部门默默工作的知识分子。从他们身上，我们发现了一种奇异的又是共同的现象，那就是消瘦的身体，忘我工作的精神。很难令人置信，那样单薄的体魄居然能承受那么巨大的负荷！然而，他们不仅承受着，而且从他们的心里爆发出十分惊人的能量。

在招待所的会议室里，一位身着蓝布上衣的老同志给我们介绍克拉玛依的地质情况。他的脸略显苍白，但表情却是那样和蔼亲切。枯燥的地质理论被他解释之后，变得既通俗又形象。他是油田勘探开发研究院副总地质师。他的谈吐，具有一种打动人的感染力。

他的名字叫赵白。1950年的大学毕业生。他本来是俄语翻译，在同苏联地质专家的交往中不知怎么竟爱上了地质工作。于是，他潜心自学，刻苦钻研，终于改行从事地质了。就是这样一位在石油地质方面颇有建树的知识分子，每次政治运动中都是被审查的对象。十年动乱更弄得他妻离子散。到1978年，他还只是一个普通的技术员，后为地质调查处情报室负责人。工作重点转移之后，石油要大上，油田党委领导同志登门拜访，请他这位年过六旬的老将出山。他觉得自己年迈体弱，力不从心，曾经犹豫过一阵子。但克拉玛依正在蓬勃兴起的伟大事业对他毕竟有着强大的吸引力。他终于来了，来到了第一线。他和同志们一起夜以继日地工作，先后写出了乌尔禾和夏子街地区地质情况报告和开发设计方案。至于乌鲁木齐的那个家，他早就忘到脑后头了。最近，他向党组织递交了多年来想递交而不敢也不能递交的入党申请书。他热泪盈眶地说：“过去搞技术工作提心吊胆，现在好了，没有后顾之忧了。我要把自己的有生之年献给克拉玛依，把自己的一颗心交给党！”

这朴实的语言，是克拉玛依的知识分子的共同心声，是他们发愤工作的动力所在。

油田的知识分子都有一颗炽热的心。当我们走进机关办公大楼，走进地质院，每一个部门都是那么繁忙，那么紧张。忙法不尽相同，有的伏案疾书，神情专注；有的正盯着一张张印花布似的地震剖面图，仿佛要从上面发现什么奇迹；有的同时应付着四五部电话机，几乎喊破了嗓子。

在研究院的办公楼里，区域勘探室主任、副主任和教导员热情接待了我们。副主任张传绩只有40多岁，两鬓却已斑白，给人一种过早苍老的感觉。可是，当你同他无拘无束地交谈起来，又觉得他很年轻。他有一双炯炯有神的眼睛，很健谈，而且不隐瞒自己的观点。不过，他不想提及那些不堪回首的事情。一顶右帽子戴了十几年，只是白了头发，并没有动摇他对党对事业的信念。他是搞勘探的，找到新油田就是他的最大乐趣、最大幸福。他说:“美国的石油储量可以开采50年，他们已感到危急；而我们中国的储量只够开采x年，难道我们能无动于衷吗?”

1981年，他自告奋勇参加了准噶尔地震地质勘探大队，从现场获得了大量第一手的资料，和有关人员一起写出《克拉玛依——乌尔禾断裂带地震地质综合研究》，并获得石油部“石油工业优秀科技成果奖”。

也许，张传绩算不上贡献最突出的代表。但他那种勇于探索、永不满足现状的进取精神，在油田却有一定的代表性。他们总是主动地给自己压力，一项科研项目的完成，就是另一项科研项目的开始。张传绩认为，搞事业就是要得寸进尺，裹足不前不会有什么出息。但是，和他们的贡献相比，他们所得到的却是微不足道的。不少中年科技干部的工资只相当于一个普通的二级工。他们没有奢望，没有企求，心中只有石油。为了完成一项任务，他们常常彻夜不眠，累极了，只是躺在办公桌上闭闭眼。谁也没有按酬付劳的习惯。

有人说，这就是克拉玛依人的气质，用20世纪50年代的创业精神创造20世纪80年代的工作水平。这说法也许不尽准确，但克拉玛依人的确有自己人的生活方式和工作方式，有自己的传统。

亲爱的朋友，您到过驰名中外的魔鬼城吗？由克拉玛依北行100公里，一座古城遗址的形象便赫然矗立在你的面前：雄伟的亭台楼阁、庄严肃穆的城门、圆柱形的巨塔、蹒跚而行的骆驼……一个个栩栩如生。可是当你走近时，便会发现，这里并非有什么城堡，而是1亿多年前由于地壳变动而形成的沉积岩山丘。历经风雨剥蚀，使这里出现了千姿态百态的怪石嶙峋的地貌。因此，有人又叫它“风成城”。每到春秋，这里狂风大作，魔鬼城内外黄沙蔽日，混浊一片，尖利的叫声酷似魔鬼的吼叫。

如今，我们的石油工人就在这里竖起了一座座高大的钻塔，使用具有国际先进水平的钻机，向魔鬼的胸膛发起了进攻。钻机的轰鸣震得山谷微微发颤，沉睡了多少年的魔鬼城从此有了生气。

在风七井的钻井工地上，年轻的钻井队长首先把我们引进一间列车式的营房参观综合录井仪。这是从英国进口的先进设备，室内安放着电视、电子计算机和各种测试仪器。监测员坐在这里，只需通过仪表盘上的指针摆动，便可知道几千米的地层深处每时每刻所发生的变化，以及钻机的工作情况。而电子计算机则将这些情况随时记录下来，并加以储存，供人们分析研究。这真是一只具有穿透力的神奇的眼睛。

站在这只眼睛旁边的，是一位23岁的小伙子，一位普通的中专毕业生。他能驾驭这样的一个庞然大物吗？我们敬羡地看着他。他笑了。开始，他曾胆怯过，可一旦钻进去，他就觉得并不那么神秘了。如今，他不仅熟练地掌握了它，碰到一些小故障，自己还能排除呢。在这个舒适的房间里，他显得怡然自得，很轻松。但他的担子可不轻。先进的仪器毕竟要通过人的眼睛进行观察，向有关人员报告情况。他必须全神贯注，必须坚守岗位。

魔鬼城里有很多可爱的年轻人。他们有的来自四川，有的来自乌鲁木齐和克拉玛依，多数是石油工人的后代。是生活的激流把他们送到魔鬼城，送到钻台上。他们像一只只小老虎，跑上跑下，忙得团团转。比起他们的父辈，他们是幸运的。新的设备，新的钻井技术，从他们这一代开始已经广泛运用了。高效能钻头、低固相泥浆、高压喷射，使钻井速度提高了3倍，建井周期由过去的45天缩短到16天。

但在这样一个荒僻的角落里，他们毕竟也有自己的苦恼。他们需要丰富多彩的生活，更需要爱情。但不少小伙子至今没有找到对象。魔鬼城的街上没有姑娘，克拉玛依、白碱滩的姑娘又不了解他们。有的小伙子好不容易从农村找到一个姑娘，又因为报不上城镇户口而告吹。于是有人发牢骚了，编了顺口溜："石油工人一声吼，找个老婆没户口。"

一阵笑语之后，有人期待地望着我们。其实，我们这些无职无权的来访者，谁也解决不了户口问题。但我们愿意用这支笔为你们呼吁，也愿意用这支笔为你们谱一支歌，让姑娘们看看今天的石油大哥多么可爱！别看个个满身油泥，在那沾满油泥的衣服里面却裹藏着一个美好的世界。他们斗酷暑，洒热汗，天天与沙丘为伴，为的是中华振兴。这样的年轻人，脸即使再黑，不是也很可爱吗？

在克拉玛依，我们还访问了红山嘴下的272地震队。这是一个由多民族的年轻人组成的战斗集体。他们的任务是用地震的方法探明地层结构，了解地震剖面，为找油提供第一手资料。有人称他们是侦察兵，这是很恰当的。只是今天的侦察兵比过去先进多了。散布在沙漠深处的几十台列车式的营房都有空调设备，不仅有食堂、库房、电冰箱，还有洗澡间以及带烘干设备的洗衣机等。这是一幅20世纪80年代勘探生活的图画。

指导员于振泉很年轻，可干勘探这一行却有十几年了。他刚到地震队的时候，大家都是骑着骆驼到工地，把仪器卸成一块一块的，然后再装起来，才开始工作。冬天，脚冻得像个馒头，鞋子都有脱不下来的时候。仅仅几年光景，地震队的设备基本上得到了更新。过去靠人工挖坑、放炮，每月的勘探进度只有30公里；现在使用可控震源车，由机器自动打眼放炮，工效率提高3倍以上。以前地震队搬一次家要停工半个月，而现在只需几个人配合汽车把营房牵走即可。当工人晚上收工时，营房已经坐落在一个新的地方了。

我们真想到野外工地上看看震源车在怎样工作，车在行进中间怎样打眼放炮，怎样把震波传到几千米的地层深处，又怎样把信息接收到地震磁带上……这一切对我们是多么新鲜。

可惜，这一天震源车上的一个什么部件出现了故障，停工了。这时，有个满脸胡茬的小伙子端着饭碗走了过来。他边走边吃，狼吞虎咽，好像有什么急事。他叫白克力，是这里的技术队长。他要带上那个有故障的部件火速赶到乌鲁木齐抢修，以保证这个月的勘探任务顺利完成。

白克力有点不好意思，说："我们的技术水平不高，有些故障还不能就地排除。"他的国家通用语言讲得很标准。小时候上的国家通用语言学校，是在汉族孩子中间长大的。高中毕业之后在湖北江汉石油学校学习了7个月，回来就到地震队工作了。在大家的帮助下，他进步得很快，一些先进设备基本上能熟练地掌握和操作。去年,《人民日报》还刊登过他的一张照片哩。像这样的民族干部，油田的各个部门、各个角落都有。

地震队是不过星期天的。这天因震源车发生故障，只好放假了。工人们有的在院子里打排球，有的在看书，也有织毛衣、打麻将的。戈壁滩这么大，他们的生活天地却显得很狭小，不过，他们也难得有时间玩玩，每天天不亮就出工，中午在外面吃一顿饭，晚上很晚才回来。那些年轻姑娘们一个个都穿得很整齐，打扮得很时髦：笔挺的筒裤，漂亮的港衫。许是紧张的野外工作使她们不能刻意装饰自己。但奇怪的是，烈日骄阳并没有把她们的脸晒黑，白里透红的脸蛋上洋溢着青春的光彩。

她们大都是乌鲁木齐来的知青，家境大都不错。可待业的滋味儿却让人难以忍受。青春是宝贵的。难道让她们白白消磨在静静的闺房里、碧绿的林荫道上、喧闹的电影院，或者乐声缠绵的舞场上吗？她们的父辈大都是石油工人，他们把青春化为一滴滴露珠洒进了大沙漠，为祖国换来了滚滚流淌的石油。青春应该这样度过！她们填写了招工登记表，捆好了行李，告别了父母，来到了克拉玛依。她们中，年纪最小的只有16岁。单看她们那稚气的样子，很难相信她们能经得起勘探生活的考验。然而，再苦再累，谁也没有哭过鼻子。我问她们想不想家？有个姑娘说："咋能不想？刚到地震队那阵儿，每次做梦都是回家看妈妈，临走扑到妈妈怀里舍不得离开。可后来一忙，连做梦的时间也没有了！"她的话把大家逗乐了。

是的，克拉玛依人的确是好样儿的。老一代石油工人创造的大业，后继有人。两代人的心血和汗水融合在一起，将在克拉玛依这片土地上浇灌出更加芬芳的石油之花，创造出更加灿烂的事业。

石油局党委副书记张毅是一位久经考验的老石油，他和党委一班人一个心眼儿想着开创石油工业新局面。在庆祝油田开发26周年期间，油田党委就已经专门讲过这个问题，并向亲临油田视察工作的自治区党委第一书记王恩茂同志作了汇报。只不过那时还仅仅是个轮廓，一个粗线条的构思。经过全局上下的讨论，这部威武雄壮的活剧已经越来越清晰了。从现在开始，他们决心把新局面的开创落实到油田的每一个单位、每一个月，甚至每一天的每一个环节上。也就是说，他们要认认真真地演好每一个角色，演好每一场戏，以保证全剧的圆满成功。

值得欣喜的是，这场活剧的序幕已经拉开了。张毅同志告诉我们，为了适应石油大发展的需要，油田党委采取的第一个措施是，在全国范围内招聘他们所需要的科技、教育知识分子。招聘广告登出之后，应聘的书信雪片般地飞到了克拉玛依。可以预料，几个月后，将会有多少赤诚的建设者投入克拉玛依的怀抱呵！

与此同时，油田党委还从长计议，选择大批有培养前途的年轻人送出去深造。除了办新疆石油学院，还与西北工业大学等好几所高等学校签订了培训石油专门人才的合同。到1985年，克拉玛依，将有一个完整的教育体系，一个完整的科研体系，一个完整的医疗卫生体系。

说到这些时，张毅同志格外激动，脸上微微泛起红晕。从20世纪50年代初开始，他一直奋战在新疆的石油战线。如今他已是年近花甲之人，但老骥伏枥，志在千里，他身上依然洋溢着一股朝气。他说：“我们还要为石油工人创造一个良好的生活、工作和学习的环境，把克拉玛依建成一个人们向往的美丽的中等城市。”他们的计划是，首先要在克拉玛依地区植树造林，大搞绿化，造人工湖。每一个工人新村，每一个家庭都将成为一块小小的绿洲。他们还准备在工人集中的白碱滩地区建个公园，搞个工人疗养院……

这幅蓝图如果放在别的地方，也许是微不足道的，然而对于年轻的戈壁油城来说，可算是瑰丽壮观了。

从这里，我们仿佛听到了石油工人披荆斩棘、勇往直前的脚步声，仿佛看到了一个更加雄伟美丽的克拉玛依，一颗更加璀璨夺目的宝石，在祖国的大西北，闪闪发光……

亲爱的朋友们，让我们唱一支新的《克拉玛依之歌》吧！献给可爱的石油工人，献给那些在大漠中创造奇迹的人们！

朝晖尽染博格达

石油化工被当代人誉为朝阳工业。当朝晖映红博格达的时候，石化开拓者们创造的辉煌业绩必将载入史册。

引言

当人们尽情地享受着石油化工所创造的物质文明的时候，不能不对将石油转化为五光十色的化工产品、转化为巨大的社会财富的石化人产生极大的兴趣。石油化工这个宠儿真是太奇妙了。

尽管我们对乌鲁木齐石油化工总厂早有所闻，并在电视节目里多次领略过它那雄奇伟岸的风采，但百闻不如一见。当汽车猛然驶进石化总厂的领地时，我们还是不约而同地“哎哟”一声，争先恐后地将头探出了窗外。

它不是我们想象中的工厂，更像是一块秀丽幽静的芳草地、一座文明富裕的小城。宽阔的马路两旁，整齐地排列着刚刚吐出新绿的林带以及花坛、雕塑和鳞次栉比的楼房。城里有的它都有，城里没有的它先有。在我们下榻的宾馆对面。巍然耸立着一座建筑宏伟的青少年宫，宫内仅有科技馆、文艺馆、图书馆、体育馆，还有堪称西北地区最大的科普天文台。

更令人钦羡的是，这里还兴建了一座融亭台阁榭、假山石径、湖光水色和儿童电子游乐场于一体的、占地50多万平方米的石化公园，其规模和现代化程度较之于乌鲁木齐的一些大公园有过之而无不及。

石化总厂不啻为中国西部大地上的一个显示着社会主义优越性的小康社会。然而这一切，都是依赖于聪明能干的石化人运用现代的先进设备和科学技术，以主人翁的精神创造的高速度和高效益。

“精神文明与物质文明是不可分割的。”我对这句话深信不疑。

如果我们去参观一下石化总厂的生产区，看看那塔罐林立、管道如织、机器轰鸣的炼油厂、化肥厂、化纤厂、热电厂、塑料厂以及与之相配套的设计、科研、工程、供销检修、运输、动力等服务体系，看看石化工人无私无畏、竭诚奉献的精神，这一切便都是意料之中的了。

20年来，乌鲁木齐石化总厂从小到大，历经沧桑，如今已发展成为拥有1万多名工人，油、化、纤行业齐全、专业基本配套的全国特大型石油化工联合企业之一，成为新疆目前最大的石油化工基地。

有人说，石化总厂这块16平方公里的土地像是镶嵌在博格达峰下的一块绿宝石，每时每刻都放射着奇光异彩。是的，石化人用20年的时间创造了人间奇迹，它的变化可谓惊天地，泣鬼神。

真是无巧不成书。我们进厂的这一天，恰好是乌鲁木齐石化总厂当年破土动工、中央及自治区领导挥锹埋下第一块基石的那个难忘的时刻。

这不禁让人浮想联翩，思绪万千。

20年前，这块名为“古牧地”的地方，其实是博格达峰下一块未经开垦的处女地。荒草萋萋，怪石嶙峋，只有野兔和沙鼠们在此寻欢作乐。据老乌鲁木齐人讲，这块贫瘠苍老的土地，曾得益于天山雪水的恩泽而成为丝绸古道上的一个重要驿站。勤劳的各族人民在这儿休养生息，耕种放牧；西出阳关的商贾客旅则把这儿当作歇脚休憩之地。驼铃声声，历史悠悠。后来的人们便称它为“古牧地”了。

仅仅20年，古牧地矗立起一座令世界瞩目的石化新城，疑是海市蜃楼，却又那么真实！

一

每一位老石化人都不会忘记祁家沟那段不堪回首的日子。那是荒唐年代给我们留下的一段荒唐历史，一首让人酸楚、让人掉泪的苦涩的歌。

20世纪70年代初，中国还处于动荡的年月。按照林彪的“山、散、洞”（即靠山、分散、进洞）的三线建设路线，乌鲁木齐石油化工厂的厂址并不是现在的古牧地，而是乌鲁木齐东南30多公里处的天山峡谷沟口。那里叫祁家沟。不知何年何月有家姓祁的人家在那里居住过，经营过。但当建设大军开进祁家沟时，除了几座废弃的羊圈散发着腐烂的气味，目光所及，一片荒凉，到处是裸露的岩石、深浅不一的沟壑。

中国工人有志气，他们就是要在这荒山野岭的沟沟壑壑里建起一座战备炼油厂。可以想象当时白手起家的艰难情景。但建设者们是一群铁打的汉子，住羊圈，吃粗粮，靠人拉肩扛把设备一件件运进山里，吃尽千般苦也在所不辞。他们只担心所付出的代价能否换来丰厚的果实，为国为民造福。这地方工业用水不足，且无处排放污水。这里交通闭塞，原油难以运进，产品难以运出。至于设备进洞，更是耗资巨大，劳民伤财。到1972年，工程终于下马了。正应了当时流行的一种说法：路线错了，一切皆错。这是那个年代无数悲剧中的一个小小的悲剧。

1973年12月20日，国家计委正式批准在乌鲁木齐建设石油化工厂。新厂址就是博格达峰下铁厂沟口的这块古牧地。

一张白纸没有负担，好写最新最美的文字，好画最新最美的图画。这毕竟是伟人的诗，诗人的浪漫。当一切都要从零开始，脚踩戈壁，头顶青天，所有条件都要靠一双双手去创造的时候，这图画的每一笔都不是轻而易举的。

有人建议我去看看老指挥部。那是当年参加乌鲁木齐石油化工厂建设会战的创业者们曾经生活和工作过的地方。那里记载着他们进入古牧地的第一行脚印。

从现在的厂区东行两三公里，便可看到一座并不很高的土丘，巨龙般盘踞在博格达峰下。爬上土丘之巅，石化总厂的全景尽收眼底，只是不见了当年指挥部的旧貌。它几乎被正在兴建的新厂区所掩盖。陪同参观的人像博物馆的讲解员，挥动着手臂，如数家珍地向我介绍，哪里是指挥部的办公室，哪里是会议室，哪里是宿舍，哪里是食堂……而我看到的却是一片“干打垒”的废墟、倒塌的地窝子。只有黑乎乎的洞口依稀让人觉得那里曾经有人居住过，但绝对不是20年前。它们更像是远古时代的洞穴，更像是经过千年风雨剥蚀的古城遗址。

刚到古牧地时，人们全住在老乡丢弃的羊圈里。后来才有了干打垒，有了帐篷。材料大都是从祁家沟拆来的。艰苦生活对他们来说早已习以为常，只有一点令人难以忍受。说来可笑，每天晚上刚刚入睡，不知屋顶上什么东西不停地往下落，只觉得脸上、身上有一些小动物在缓缓蠕动，接着便是一阵狂吮乱咬，奇痒无比。伸手一抓，满手是血，原来祁家沟的臭虫也跟到了古牧地。整个夜里，拍打臭虫的声音此起彼伏。

古牧地用水也相当困难。渠沟的水面上漂浮着牲畜的粪便，沉淀一下就喝。后来在水源地打了井，接通了管道，却不料那年冬天来得格外早，4公里长的水管冻得死死的，连生活用水也只好实行定量供应。

20世纪70年代虽然告别了“瓜菜代”的年月，但古牧地的建设者们并没有完全摆脱粗粮细作、缺油少肉的日子。吃顿大米饭就像过年过节似的，长长的买饭队列中时而响起清脆的敲碗声。生活实在太清苦了，一碗菜汤中见不到几滴油花，却能照见人影。更不用说吃肉了，几个年轻人偶尔弄来一点马肉、骆驼肉，用喷灯烤着吃，那是一种奢侈的享受。

于是，就有了白油漆的故事。上级领导在石化厂视察工作时，深入群众，体察民情，眼见工人生活如此艰难，深为感动，便通过种种关系，悄悄为石化厂搞到几吨猪油。这事放在今天也许不足挂齿，可在当时却是一笔不可小觑的财富。只是当时猪油被铁道部门列为禁运物资，无法运输。为了躲过检查，便巧妙地在油桶上标出白油漆的字样。

“白油漆”运到工地，堆在库房里。知道内情的人们心照不宣，都争着去领“白油漆”。

“还有白油漆吗?”

“给一点白油漆吧!”

保管员望着一张张蜡黄的脸，不忍心拒绝。7吨“白油漆”成了最珍贵的营养品。

即使是那些日子，人们所付出的劳动强度同摄入的能量相比，也还是过于悬殊了。不过，谁也没有做过营养测试，大家所关心的，除了会战还是会战。会战工地牵动着每一个建设者。从干部到工人，从领导到工程技术人员，无一例外地从早忙到晚，拉运片石，开挖管沟，铺设管道，植树造林……

人们一旦进入忘我的境界，便能产生巨大的精神力量。

通往炼油厂的电线杆要一根一根竖起来，每根重量足有1吨多，10来个人踏着泥泞的路，嘿哟嘿哟地把它们从几百米外抬到现场。没有吊车，靠的是人拉肩推，硬是把它们一根根竖起来。他们恪守大庆人的格言：有条件要上；没有条件，创造条件也要上。

铁路是工厂连接外部世界的大动脉。从石化厂破土动工开始，铁路路基也同步动工兴建了。这条从九家湾接轨的长20多公里的铁路，包括勘测设计、施工机械和技术人员的配备，按当时的条件需要两年时间才能建成。但自治区和石油局领导等不及，他们说，最多只给半年时间。古牧地需要大批生活和生产物资，铁路建设必须加快。

“十一通车，我要从乌鲁木齐坐火车来!”这是当时担任自治区党委第二书记、新疆军区司令员的杨勇将军的铿锵有力的声音。

那些日子里，自治区的领导同志始终像关心一场战役似的关心着石化建设的每一个进程。从厂址的选定到设计施工，以及人力物力的调配，都给予了具体的指导和有力的支持。

眼看临近国庆节，铁路编组站尚未竣工。杨勇将军要在编组站剪彩，必须把路基夯实。这里的浮土厚达尺余，要夯实，就需要大量的水。水从何来？指挥部又是倾巢出动，提着水桶，端着脸盆，浩浩荡荡几百人，穿梭般往工地上运水洒水，夯实路基，终于赶在盛大节日之前完成了通车剪彩的各项准备。

望着满载参加自治区成立20周年大庆的各地州观礼代表的列车徐徐开进古牧地车站，杨勇将军笑了，石化人笑了。

石化厂从困境中走向成功。1977年10月，常减压装置，催化、裂化装置，氧化沥青装置，延迟焦化装置也相继建成投产。各种石油产品源源运往各地。

杨勇将军假若有知，看到石化总厂的今天，他老人家一定会含笑九泉的。

在老干部活动中心，我访问了那些曾为石化建设洒过汗水和心血的有功之臣。

他们之中，有的曾是参加过抗日战争和解放战争的老兵，新中国成立后西出阳关，一直转战石油战线，克拉玛依、独山子、南疆油田都留下了他们的足迹。20世纪70年代投入石油化工建设，带领石化工人艰苦创业，立下汗马功劳。谈起石化建厂史，他们讲得滔滔不绝，仿佛那些事就发生在昨天、发生在眼前似的。

老厂长、老书记田玉庆，在石化总厂任职10年，这是他一生中最难忘也是最辉煌的10年。如今，他虽已年逾古稀，但仍是鹤发童颜，老当益壮。他不仅喜欢书法、唐诗、乐器，还是出色的门球队员。离休了，无官一身轻，坐下来静静地回顾历史，体味人生，自有一番滋味在心头。他说：“我这个人对国家对人民谈不上什么大贡献，只是尽心尽力做了些事情，心安理得，问心无愧。我们这代人栽下了石化厂这棵树，愿一代代后人更加努力，让这棵树根深叶茂，充满生机。”

离休的副厂长章涛是1946年投奔革命的老知识分子，“文革”中被剥夺工作的权利，历经坎坷。1974年，石化筹建处请他出山，让他主管设计。这位饱经风霜的老人，二话没说，背起行李上车。他的主要工作是在乌鲁木齐各个设计院之间奔波、联络、交涉，每天挤公共汽车。为了一张设计图纸，他常常要跑好几个设计院。有时赶不上食堂开饭，就煮点挂面，啃块硬馕充饥。为这，他那本来就不甚强健的身体便益发衰弱不堪。如今，他的牙齿已全部脱落，满头华发。人们都喊他章老，其实，他只有60岁出头。

在老干部活动中心，何止一个田玉庆、一个章涛。望着那些已经稀疏的鹤发、微驼的脊背，还有被岁月犁出的脸部皱褶，我仿佛看到了许多故事，看到了壮美的人生。他们每一个人不都是一部历史、一本书吗？

二

也许岁月能改变山河，但历史将不断证明，有一种精神将永远不会失落。崇高、忠诚和无私，将超越时空，成为人类永恒的追求。

那天，我们顶着细雨去参观化肥厂。透过雨雾远远望去，高高的造粒塔像个神秘的卫星发射台，时隐时现地显示着她醉人的魅力。人们称它为“大化肥”，自有它的道理。

还没进工厂的大门，眼前便呈现一幅化肥大战的壮阔场面。满载着化肥的大卡车一辆接一辆地破门而出，急驰而去；而停在工厂外面等待装运化肥的汽车，则是一个延伸到公路尽头的长蛇阵。汽车司机眼巴巴地望着工厂大门，翘首以待……

白花花的化肥，农民兄弟的希望呵！

登上造粒塔，看着雪粒般的尿素纷纷扬扬地飘落下来，看着成品车间的传送带紧张而忙碌地将一袋袋尿素堆积如山，等待装车外运的情景，我不禁为新疆各族农民兄弟们有了可靠的后盾感到欣慰。

然而，为了这一天，人们付出了多少艰辛！

1978年初春的一个夜晚。

新疆维吾尔自治区革委会的一间简朴的会议室里灯火通明。自治区党政领导与石化厂的负责人正为一项新的重大决策运筹帷幄。

"新疆的国民经济要三年大翻身，五年大发展，关键在于农业。农业要大上，化肥是关键。我们新疆应该有自己的大化肥！"

时任新疆维吾尔自治区党委第一书记汪锋同志浓重的陕西话掷地有声。早在一年前，他就向中央领导同志提出要一套30万吨合成氨装置以及配套的万吨尿素装置。中央领导同志当即表示支持。

不料，这消息在北京一传开，不少人不以为然，频频摇头。你们有资金吗？有技术力量吗？那可是世界先进水平的现代化装置，你们能玩得转吗？言外之意，这套设备给新疆是大可不必了。

但新疆人不服气，石化人不服气，硬是要把先进设备拿过来。于是，区党委的常委们在百忙中挤出时间，与石化领导共商大计，再次讨论给中央写报告，陈述理由，表示决心，摆出种种有利条件，以便促成大化肥早日上马。

国家计委收到报告的一个多月之后，正式上报国务院批准立项。中央决定从日本引进大化肥设备，这是当时全国仅有的三套同种设备之一。可见中央寄予新疆希望之大。

"大化肥"要上马了，石化总厂沸腾了！

自治区大化肥建设指挥部成立了。

基建队伍陆续开进现场，摆开了阵势。

30万吨尿素装置先后抵达天津新港，等待起运。

这里不得不多花些笔墨，写写发生押运设备过程中的那些鲜为人知的故事。

从日本引进的这套装置，包括9035个零部件，重达1.3万吨，所占空间为3.8万立方米，其中超限大件有77件之多。较大的设备要属高77米的甲醇洗涤塔和340吨重的变换炉。如何完好无损地把这些设备从天津运到乌鲁木齐，便是摆在石化人面前的一个严峻考验。

尽管事先已经预料到运输大件将会碰到许多棘手问题，已到铁路沿线做了调查，向铁道部门提出了部分线路的改造和加固方案，但当那些庞然大物真的要动身的时候，许多意料不到的问题还是接踵而至。

对超限大件的态度截然不同。运输部门希望改造设备，化整为零，让设备适应线路环境；而生产和安装部门则坚持改造线路，让线路适应设备。双方的理由是一致的：为国家节省资金。于是，只好到现场进行实地勘察。

从天津到乌鲁木齐，全程3551公里，其间要经过296个车站、19个编组站，穿越80多个隧道、100多座桥梁。为了获得第一手资料，他们不得不逐个测量、比较，直到获得最佳方案。

日本人是很自负的。对于设备的几十毫米甚至是十几毫米的规格尺寸，他们总是斤斤计较，不肯让步。只有同他们反复磋商，彻底说服。比如变换炉，它的外径是4米。而铁路部门对宽度的要求则是不得超过3.9米。日商却说，设计是不能更改的，若压缩尺寸，就需追加15万美元的外汇，且不能确保原设计的能力。

还是石化人聪明。有人提出把变换炉的吊耳改装在炉顶，便可减缩小10厘米的宽度。这并非灵机一动，计上心来，而是以技术档案资料为依据的。日商终于接受了这个方案。

1980年7月，一支以马贵成副厂长为首的、以技校毕业生为主体的押运队，经过短期集训学习，便来到了天津。

“马厂长，您也和我们一起押运?”

马贵成副厂长，40多岁了，还要和他们同车共济，小伙子们倍受鼓舞。

“头一次押运，心中没底，我得亲自跑一趟。‘不入虎穴，焉得虎子’么!”马贵成笑着说。

“不是说可以挂生活车吗?”

“生活车免了，太贵。”马贵成说:“这些设备来之不易，我们分头坐在货车上，守着，万无一失呵!”

说着，老马便提着随身日用品腾地一步跨进了车厢。

车子一启动，塞上万里行也就开始了。

年轻的押运队员中，许多人是第一次出门，他们多么想过上普通旅客那种逍遥舒适的生活，列车进站以后可以到站台上优哉游哉地散步，可以随意购买食品，可以欣赏优美的音乐。而他们的列车只能一掠而过，停到荒郊野外。不要说吃口热饭，有时连水也喝不上。他们重任在肩，只能轮流跑到有自来水的地方喝口凉水。

旅途生活的艰辛，使他们口干舌燥，大便秘结。夜晚，为解一次便，得把屁股朝外，手持扶手，蹲上个把小时。

按照铁路部门的安排，这种运输大件的列车只能沿京包、包兰铁路西行。这里不是茫茫大漠，就是世界风库、百里风区，更有八百里瀚海。每一昼夜都显得格外漫长。日出日落，日夜轮回，时间概念模糊了、消失了，心中只有宝贵的设备。

他们知道，有的设备的外缘和隧道内壁的距离只有10厘米，稍被颠簸错位，就会出现不堪设想的后果。有一次，一阵狂风突然掀起了篷布，一个押运员猛扑上去，大风又掀起了另一角。于是，他趴在盖布上，死死地拉着把手。接着，又一阵风将他和盖布一起送到空中。就在这千钧一发的时刻，隧道在眼前出现了。他全然不知，火车一下子钻进了黑乎乎的血盆大口般的隧道里。盖布像落叶似的飘走了，他却被甩在了最后一截车厢里。

这只是押运队员首次经历的几个片段。在后来的多次押运中，几乎都如同一次次大同小异的历险记，都是一曲铁流万里的英雄凯歌。

三

1980年。

冬天过早地给边塞大地罩上一层银色的盔甲。进入11月，石化城已是漫天皆白。按预定计划，大化肥装置不久即可进入现场，进行组装准备。但一夜之间，变了，它们只得静静地躺在工地上。

袁名遂厂长盯着办公桌上的那份文件，几乎把脸贴到桌面上，看了一遍又一遍。他是高度近视，生怕看错了一个字。

其实一点也没错。根据国家的调整方针，化工部对大化肥下达了“停缓建通知”。同时划拨维修保管费1500万元，要求他们务必做好引进设备的维护、保管和检验工作。

大化肥下马了！这消息不胫而走。建筑工地像一座突然停摆的钟，变得一派冷寂。

作为一个企业领导人，袁名遂完全理解国家的调整方针，但他不愿看到大化肥工程因暂时的停顿而带来不必要的损失。那些日子里，他食不甘味，夜不成寐。他相信大化肥上马的日子不会太久。因此，他和厂里一班人共商对策，决定把上面拨给的用来盖库房用的1500万元修建办公室和厂房，暂时保管设备；待大化肥一上马。这些办公室和厂房便可转为正式的。这样既可节约大量资金，又争取了时间。而时间本身就是效益。

袁名遂把这种做法称为“积极下马”，虽然有点阳奉阴违的味道，但这步棋却是走对了。

人们不会忘记1981年5月19日这个振奋人心的日子。

石化总厂招待所门前，挤满了欢迎的人群。他们用目光交换着喜悦的心情。这时，只见一辆米黄色的面包车徐徐驶进招待所大门。接着从面包车上走下一位70多岁的拄着拐杖的老人。他穿着朴素，神采飞扬，不停地向人们挥手致意。

原来，这位老人就是深受人民爱戴和依赖的中共中央委员、中央巡视团团长王震同志。

人们称他王老，他却不以老自居，一下车他就提出要去看看大化肥工程的施工现场。当他了解到大化肥已被列为缓建项目而中途搁浅时，情绪显然激动了，手中的拐杖也微微有些颤抖。他当场要过一张纸，奋笔疾书了一纸关于加速建设大化肥的“切切此令”。

总厂党委副书记杨明辉从王老手中接过批示，像是战争年代从将军手里接过命令，眼眶里猛然溢满了泪水。这不仅是中央领导赋予石化建设者的重托和期望，也是对新疆各族人民的巨大关怀和支持。

“中国人要有志气，中华民族有志气嘛！难道我们就比外国人矮一截?”王老放下笔，突然站起来，又大声说：“今天我在这里批了，算数了，今天我彻底下命令了……”

王震同志的批示和讲话，犹如一把火，使冷却下去的大化肥建设重又熊熊燃烧起来。

自治区大化肥建设指挥部、石化总厂立即召开各种会议，传达王震的批示，研究落实开工计划。

王震返京后，大化肥指挥部派杨明辉同志赴京汇报落实情况。王老叮咛杨明辉一定要趁热打铁，立即找国务院有关部门交涉，争取大化肥早日上马。

杨明辉揣着王震同志的亲笔信四处奔波。

北京，杨明辉并不熟悉。为到一些部门办事，常要跑很多冤枉路。门也很难进，又是登记，又是电话联系；好不容易进去了，不是人在开会，就是没上班。为了等人办事，等累了，他就坐在走廊的废纸堆上抽闷烟。

有一次，他带上王震的一封亲笔信，去找某部门领导。那次，他动了点小聪明，事先调查了那位领导的车号，就在他下班回家的路上等着，等到下班时，他借乘办事处的汽车，尾随着那位领导的车一直跟到家里。

到楼上一敲门，领导不禁愕然："请明天到办公室谈吧！"

杨明辉急了，说："实在对不起，您能不能现在批一下？"

杨明辉心想，要是明天又开会呢？……不能走！他就像个上访者，耐心地坐在领导卧室的门外。一直等到关电视机的声音传出来，他才站起来。正欲敲门，那位领导出来了，一见杨明辉还在门外，便歉意地笑了，忙让进屋里。

这仅仅是一个小插曲。类似的事情，石化的其他领导不是也碰到过吗？石化人就是凭着这种锲而不舍、不怕挫折的精神，感动了"上帝"，成就了一件又一件大事。

1985年的春天迈着轻盈的脚步来到了古牧地，大化肥终于进入了试车阶段。

"8月15日，一定要一次试车成功，尿素一定要拿到手！"

誓师动员大会上，全厂上下异口同声。外国专家简直不敢相信自己的耳朵。8月15日——比预定试车时间提前了45天，能行吗？

行！石化人既已立下这个目标，就要拼搏，就要大干。石化人就是这个脾气。

1985年7月31日，大化肥一次试车成功，生产出了合格的尿素产品，创造了同类型大化肥装置试车的新水平。

外国专家惊诧不已，用探询的目光扫视着在场的每一个中国人："中华民族真是一个了不起的民族！"

四

1990年初冬，古牧地已是银装素裹，一派北国风光。

石化人像往常一样，每天清晨总是步履匆匆地奔赴各自的工作岗位，不曾注意周围发生了什么变化。但是有那么两天，总厂办公大楼的人们却像发现什么秘密似的，传递着一个重要新闻。他们说，大楼里来了一位陌生人，他身材高大、魁伟，说话带着浓重的山东腔。在通往炼油厂的路上，有人见过他；在化肥厂的仪表车间里，有人见过他；在老干部活动中心、在生活服务中心、在幼儿园……更多的人见过他同人们亲切交谈的情景。可谁也没有想到，他就是从兰化调来的新任厂长侯绍健同志。

兰州化学工业公司，一个拥有4万多名职工的全国赫赫有名的大企业，他是那里的党委书记。祁兰山下留下了他青春的足迹和辉煌的事业。不料，一纸命令硬是把他拽到了新疆。他二话没说，就走马上任了。没带一兵一卒，只身一人奔赴天山脚下。

其实，他心里明白，只要塌下心来干事业，就能赢得群众，到哪里也不会孤独。

人生能有几回搏。这位48岁的山东汉子一上任就不同凡响。下车伊始，他不是慷慨陈词地发表就职演说，而是深入基层，深入群众，从调查研究入手，寻找、确定今后工作的重心。

两个月后，他把目光投向大化肥生产。

他深知，化肥生产同新疆经济发展的密不可分的关系，尽管是微利企业，但在新疆各族人民心中它却有着举足轻重的位置。只要是对发展新疆经济有利的事，我们就应该拼命去干。

然而，经过了解，大化肥从1985年试车投产以来，由于种种原因，至今未达到它520万吨的设计能力。难道真的不能达标吗？生产设备也同人一样，趁它们还年轻，应当把它们的能量发挥到最佳状态；一旦错过这个时机，便悔之晚矣。大化肥经过几年运转，完全应该达标，为新疆经济发展做出积极贡献。

基于这种思路，在研究院1991年生产计划的时候，侯绍健厂长胸有成竹地谈了“1991年要确保化肥达标，力争炼油180万吨”的宏伟设想。

一石激起千重浪，会场一时骚动起来。尽管这曾是人们梦寐以求、奋力追求的目标，但此时此刻把它提到议事日程上，有人还是感到震惊不安。

达标？谈何容易！这不是一个简单的数量概念，它涉及设备管理、职工素质、能耗物耗、安全环保等各个环节和一系列问题，而这一切都不是一朝一夕能解决的。

侯绍健望着一张张表情复杂的面孔和朝他投来的各种目光，一种难以控制的激情使他的声音像重锤落地、不同寻常：“的确，化肥装置达标不是靠蛮干，凭的是实力，靠的是科学，但最重要的是靠人。只有落后的人，没有落后的企业。外国人能办到的，兄弟企业能办到的，我们同样能办到！我之所以坚信我们能达标，就基于我们有历届班子长期形成的艰苦奋斗、从严管理的优良传统；我们有党政工团的紧密配合；我们有一支素质不错的队伍。这一切给我们实现达标奠定了坚实的基础。”

接着，他又指出目前影响化肥装置达标的要害问题是变换系统问题。只要换掉触媒，剔除人为因素造成的停工减产，从日产量、月产量达标做起，全年产量达标就有了可靠保证。

他所说的人为因素，不是捕风捉影，而是实有其事的。

那是他来厂不久的一天，化肥厂突然传来停工的消息。他走进车间，询问停工原因。操作工们面面相觑，闪烁其词。侯厂长凭着自己对化肥生产各工艺流程的熟悉，很快发现这是一起人为造成的停车事故，便严肃指出：“不经批准，随意停车是犯罪行为，谁停车谁负责。今后再有类似情况发生，我可要兴师问罪了。”

第二天，那位擅自停车的操作工便主动承认了错误。原来，是他一时粗心错按闸门造成的。侯厂长很宽厚地说："既然承认了错误，就不必追究了。这说明我们在管理上还有漏洞，必须强化管理，从严要求。"

对于那些为了化肥达标、为石化大上快上而忘我劳动、默默奉献的职工们，侯厂长则是铭记在心，念念不忘。

有一次，侯绍健去北京开会，还专门抽出时间到天津新港去看望押运设备的小伙子们。走进年轻人的住处，他和大家促膝交谈，询问衣食住行方面的困难。当他了解到小伙子们住在酷热的天津而洗不上澡时，特意安排为他们买了热水器。事情虽小，却饱含着厂长对职工的一片深情。小伙子们感动地说，领导这样关心我们，我们还有什么理由不干好工作呢？

1991年7月，正是化肥厂大检修的紧张时刻，为解决影响化肥达标的变换系统问题，急需从浙江镇海运进一批触媒。运输公司的几名司机接受任务之后，冒着酷暑日夜兼程奔赴镇海，然后又经一个星期的苦战，将触媒安全无误地运回古牧地。

在表彰大会上，侯绍健望着跋涉万里归来的那一张张黧黑而消瘦的面孔，激动地流下了热泪。当即拿出兰州朋友给他的两瓶茅台酒，为有功人员庆功洗尘："你们为大化肥立了大功，我代表总厂谢谢你们！"他紧紧握住一双双粗壮有力的大手，久久不放。

侯绍健的一言一行激励着人们为化肥达标贡献力量。化肥厂全厂上下牢固树立"抓管理保达标，抓达标促管理"的思想，使全厂面貌大改观。

这一年，石化总厂进行了全面整顿，加快了企业内部改革步伐，同各生产厂签订了不同形式的经济承包合同，调动了各方面的积极因素。不仅圆满地实现了化肥生产达标、加工原油180万吨的设想，而且全厂的工业总产值、销售收入、上缴利税均有明显提高。

正像一个球队，一旦打出了成绩，打出了水平，士气就会更加旺盛，越战越勇。到1994年，化肥达标已经实现了"四连冠"。炼油生产也首次突破200万吨大关。

就在这一年，石化总厂进入国家二级企业的行列。

五

每天傍晚，我喜欢漫步在石化城幽静的林荫道上。任思绪飞扬，任想象驰骋。

看着身边的年轻林带那么蓬蓬勃勃，充满生机，我便不由自主地想起我曾采访过的那些年轻人，那些在车间里操纵着自动化的仪表和电子计算机的石化工人。

我惊异于偌大的现代化设备的车间里，只有机器的轰鸣，却不见几个工人。原来，这里的炼油、化肥、化纤车间全部是通过控制室来观测仪表而工作的。更令人吃惊的是，在化纤厂的控制室里，只有三两个年轻人望着屏幕上的多种数据在工作。这里使用的是具有世界先进水平的电子计算机，不是旋钮，也不是按键，而是红外线触摸式的调控，手指轻轻一触，即可按你的需要进行程序变换。

表面看，这工作挺轻松舒适，实则并不然。他们责任很重，稍有疏忽，将酿成事故。

我问他们:“你们都懂外文吧?”他们只是报之一笑，好像说：那还用问吗?

真让人羡慕，在我们对计算机技术知之甚少，坐在计算机前一筹莫展的时候，他们已经成为熟练的操作工了。

如今，石化总厂正在向先进的DCS控制系统迈进。在财务管理、物资供应、统计、技术检修，包括教学、人事管理等各个领域建立了计算机网络。在各生产厂的办公室里，只需敲一下按键，全厂的生产进度、产量、质量、能耗物耗，便可一一显示出来，一清二楚。

而这一切都是由一代新型的年轻工人来承担的。他们之中，有大学生，也有中专生、高中生；有本厂培养的，也有分配而来的，都是经过严格训练后上岗的，有的还到国外学习培训过。

当今世界，科技进步靠的是人才；科技的竞争，归根到底是人才的竞争。石化总厂各级领导从实践中悟出这一真理，紧紧抓住教育不放，培养了一支以中级技术工人为主体，技术等级比较合理，具有较高的政治、文化、技术素质的工人队伍，造就了一批石油化工生产、建设和管理人才，并为社办企业输送了一大批懂技术、懂业务的生产管理骨干，在石油化工企业的各条战线上发挥着重要作用。

马新成，一个普普通通的中专生，通过刻苦自学，钻研电子技术、计算机技术，解决了许多连外国专家都深感头痛的设备故障问题。3年前被破格晋升为工程师。那时，他还不到30岁。

石化总厂近几年引进不少先进设备。然而，先进的东西并非完美无缺。当设备在运转中发生故障时，常常因为不能及时维修而给生产带来损失。马新成看在眼里，十分焦急。难道没有外国人在场，我们就不能自己动手吗？于是，他暗下决心，一定要攻克电子原理，弄通计算机技术。他不懂外语，就请在新疆工学院攻读研究生的妻子当家庭教师，边学边钻，硬是在电子原理方面入了门。

有一次，化纤厂的一台从法国进口的纺丝机器出现故障，当时法国专家已返回国内，要请他们来，既要支付一笔巨款（日工资600美金），又要等待很长时间。小马得知后，连夜查找资料。经过几天的紧张工作，终于找到了故障的关键所在，使机器恢复了运转。

马新成凭着这股韧劲儿，在崎岖的科学小道上艰难跋涉，默默地贡献着自己的青春和智慧，受到专家的好评。美国的PE公司、惠普公司都知道乌鲁木齐石化总厂有个马新成。以往，他们在石化总厂出售设备时，总是要派员跟至现场的，自从马新成出现后，再不派人了。

在炼油厂中心化验室，我曾结识了年轻工程师谢宗洋。

小谢，甘肃人，1981年从兰州石油学校毕业后志愿报名来石化总厂工作。在炼油厂半成品控制班学习操作，对他来说并不难，但当他发现检测油品合格情况的仪器由人工控制，且准确率不很高时，心里便经常思谋这件事。他想，如果改成自动控制，一是可以大大减轻劳动强度，二是可节省很多时间。从那时起，他便利用业余时间，整天抱着《电工学》和《电子计算机硬件及软件应用》等技术书籍学习，边看书边琢磨边试验。花了两年时间，他设计制作的“全自动石油产品蒸馏测定仪”终于成功了。

这个全自动测定仪利用数字温度计进行温度测量，测定的数据准确无误，仪器性能可靠，自动化程度高，在全国石化系统还属首创。因而荣获了中国石化总公司科技进步三等奖。谢宗洋被破格晋升为工程师。当时，他只有26岁。

哥们儿为了表示对他的祝贺，非要他请吃一顿。结果吃完一结账，除奖金外，还另贴了几块钱。

人们称谢宗洋为革新迷、小发明家。从1994年开始，他又投入石油产品单片分析器的研制，眼下已进入决战阶段。3个月来，他几乎每天都沉浸在分析器的试验中。他的妻子很理解很支持他，只要妻子陪着小孩一入睡，剩下的时间就完全属于他了。

谢宗洋似乎有一种不知疲倦的特异功能。是什么力量支撑着他那瘦弱的身子永不停歇地工作呢?

临别时，他只说了一句话:“我爱这个厂!”

我爱这个厂，多么朴实的语言!石化总厂的确涌现了不少爱厂如家的青年!他们奋发向上，争挑重担，在各个岗位上贡献着聪明才智。

斯拉音·斯马义，这是我在石化总厂结识的一位维吾尔族青年知识分子。

他身材挺拔，模样英俊，那双会说话的眼睛和一头波浪式的黑发，给他平添了几分艺术家的气质。然而，他既不是演员，也不是画家。他是化纤厂的工程师、技术科科长。

他的国家通用语言说得相当漂亮，比某些南方人的普通话好听多了。他从小就和汉族娃娃一起玩、一起上学，直到中学毕业。1980年高考时，他并没报考内地的大学，但华南理工大学却拿走了他的档案。接到录取通知书时，他且惊且喜，久久不能平静。这辈子连乌鲁木齐啥样都未见过，如今却要万里迢迢去广州上学，生活能习惯吗？他的汉族老师鼓励他说："斯拉音，你是我们学校飞出去的金凤凰，这个机会千万不能错过!"

他不顾家庭的劝阻，毅然到了广州。这时，他才发现，他是多年来第一个进华南理工大学的维吾尔族学生。学校对他格外照顾，不仅尊重他的生活习惯，还要给他请个辅导老师。斯拉音谢绝了。实践证明，斯拉音一点也不比别人差。他的学习一直处于中上水平，还连续两年被评为"五好"。

毕业分配时，广州、北京、西安，凡有化纤企业的地方，他可以任意填写志愿，但斯拉音一个也没填。新疆是我的故乡，那里经济还很落后，我应当为改变家乡的面貌贡献一分力量。于是，他便毛遂自荐地跑到石化总厂来了。

化纤厂对这个维吾尔族大学生十分器重，给他创造了多次到内地和出国学习深造的机会。斯拉音很争气。经过刻苦努力，他在技术上有了长足进步。当化纤厂的长丝装置进入筹建阶段，他被指定为技术组长，终日带着几个年轻的大学生奔波在现场。为了提高大家的技术水平，他还编写了技术教材，边工作边进行技术培训。他像一粒种子，撒在这片土地上，就开花结果了。

1990年，斯拉音走上了长丝车间副主任的岗位，他肩上的担子更重了。那套长丝装置很奇特，一半是法国引进的，一半是日本引进的。法国虽然来了两位专家，但声称只负责调试两台，其余由厂方自己负责。而我们调试的方案是借鉴日本的，用此方案调试日本的设备，轻车熟路，而法国的设备用日本的方案进行调试灵不灵呢？斯拉音没有把握，其他人也没有把握。但是他们不甘心，经过周密而认真的研究比较，反复调试，最终找到了办法。法国人既惊喜又佩服，不同的工艺参数也能生产出同样的产品。

斯拉音双喜临门。就在长丝装置调试即将成功的时候，他的妻子也正处于十月怀胎一朝分娩的时刻。妻子需要细心照料，长丝装置更离不开他。他只好把岳母从乡下接来应急。他们每天工作都在12小时以上，哪有精力照顾妻子呢？连孩子的模样他也几乎忘光了。

斯拉音没有辜负生养他的故乡，不愧为维吾尔族青年的佼佼者。1991年他荣获了“开发建设新疆奖章”，1992年又被评为乌鲁木齐地区“十佳青年”。

六

1993年，石化总厂领导在自治区首府乌鲁木齐接连抱回3个金光闪闪的大奖状：1.开发建设新疆优秀企业；2.思想政治工作优秀企业；3.自治区级文明单位（作为大型企业，整体进入文明单位，在自治区是第一家）。

1994年又从首都北京抱回“全国思想政治工作研究会工作奖”和“全国民族团结进步模范单位”2个大金娃娃。

在庄严的会场里，在雷鸣般的掌声中，当石化人兴冲冲地走上领奖台的时候，人们的目光中既有羡慕和惊喜，也透露着探询的神情。一个大型的现代化企业是如何把精神文明与物质文明建设统一起来，使企业的生产建设、经济效益与精神文明建设同时跨上一个新台阶的呢？

笔者为这一大家共同感兴趣的问题，曾同石化总厂党委有关领导以及党政工团等有关部门的同志进行了广泛的交谈。从他们的谈话中，我得出这样一个结论：石化总厂党委多年来始终坚持“两手抓，两手都要硬”的方针，既追求企业物质文明建设的丰硕成果，又认真探索发挥企业党组织政治核心作用，加强和改进思想政治工作，促进企业精神文明建设的新路子。

“物质文明建设创一流，精神文明建设也要创一流。”这是石化总厂党委闵隆信给我印象最深的两句话。

这话最初并不是出自闵书记之口，而是1990年总厂领导班子换届，到自治区党委汇报工作时，宋汉良书记向石化总厂提出的要求。闵书记和总厂党委一班人把它牢记在心，并作为追求和奋斗的目标。他们从实践中认识到，作为一个大型企业的领导核心，必须有较高的马列主义水平，处理好两个文明建设的关系，从而保证企业的社会主义方向。

这些年来，闵隆信和党委一班人正是这样做的。他们认真学习邓小平同志建设中国特色社会主义的理论，学习党的方针政策，学习党史和党建理论。工作再忙，从不间断。并以此来指导工作，身先士卒，带动各级领导干部解放思想，转变观念，以适应改革开放的新形势，努力开创思想政治工作的新局面。

闵隆信很健谈，却不肯多谈自己。据说，五年前他曾是石化总厂第一副厂长，主管生产、技术工作，班子换届时改任党委书记。有人为他祝贺，也有人为他惋惜，认为让他当书记是一种“错位”，觉得他更擅长管生产。其实这种看法本身也是一种“错位”。如今的党委书记大都是企业家；没有一定的专业知识和管理才能，党委书记未必是称职的。

闵隆信于1963年从西南石油学院毕业志愿来到祖国的大西北，在独山子炼油厂度过了青春年华。那时的“独炼”虽已初具规模，但仍处于百业待兴的创业阶段，生活十分艰苦。闵隆信不顾这些，一心扑在炼油上。他虚心求教，刻苦钻研，不到一年就被提拔为双炉裂化车间技术员。不久，又提升为技术科长，肩负起全厂的技术改造工作。

闵隆信在独山子留下了一行行难以磨灭的脚印。

1977年，闵隆信听从新的召唤来到了乌鲁木齐石化厂。这里为他提供了施展才华的广阔天地。他既是技术科长又是催化车间主任，集行政、技术于一身，终日奔波在催化裂化试车会战第一线，与同志们一块解决了诸多技术难关。他讲求务实，不说空话，经常穿一身工作服，戴一顶安全帽，出现在车间的各个角落。哪里出现了故障，他便日夜守在装置旁，和技术人员一起摸情况，查数据，当装置正常运行后才肯离开。直到1984年，闵隆信从炼油厂副厂长走上总厂第一副厂长的岗位，他对工作依然是兢兢业业，一丝不苟。

事实证明，一个党委书记如果同时也是一个技术专家，那么思想政治工作就会有的放矢，就能与行政干部配合默契，相得益彰。

在一次党政工团联席会上，闵隆信曾经语重心长地说过这样一番话："国家搞厂长负责制，是搞活企业的一个有效办法，是形势发展的需要，我们应该坚持以发展生产力为标准的观点，积极支持厂长的领导，把思想政治工作的重点放到企业生产经营的难点中去。不管搞行政的、政工的、党务的，都应该朝着发展企业效益使劲，同心协力拉着石化总厂这套马车在社会主义大道上迅跑……"

只有识大体、顾大局的党委书记，才能自觉为企业生产保驾护航，维护厂长的中心地位。闵隆信深深懂得这个道理。支持厂长的工作，就是贯彻执行以经济建设为中心的国策。凡属重大问题，他总是先同厂长商议，共定决策。

闵隆信给人的印象是温文尔雅的。与其说是党委书记，不如说像个学者。说到思想政治工作，他不讲多少理论，却是高屋建瓴地从科技是第一生产力讲到尊重人才的问题。他认为，思想工作说到底就是做好人的工作，增强企业的凝聚力。他曾经写过一篇题为《凝聚力，企业的活力之源》的文章，着重阐述了思想政治工作的一些关键性问题，即：抓班子建设增强职工向心力；抓以人为本增强职工创造力；抓企业制度增强职工内控力；抓人际关系增强群体信任力；抓满足需要增强企业吸引力。

闵书记的这篇文章肯定是他心血的结晶，同时也是石化总厂思想政治工作的高度概括。

结束语

新疆是一块既年轻又古老的土地，相传几亿年前它曾是个大海，后来由于一系列复杂的地壳运动，大海消失了，形成了今天的阿尔泰山、天山、昆仑山夹峙塔里木和准噶尔盆地的格局。据地质家分析，这两个盆地都是新疆重要的含油气地质构造。于是，从20世纪50年代开始，新疆先后出现了克拉玛依、塔里木、准东（准噶尔盆地东部）、吐哈（吐鲁番和哈密市辖区）等鼓舞人心的大油田，为新疆石油工业的发展奠定了坚实的基础。

有了石油，便有了石油化工，并成为国民经济的四大支柱产业之一。

然而由于旧中国的腐败及长期的闭关锁国政策，中国的石油化工起步甚晚。当发达国家采用现代化的最新技术对石油进行全面综合利用，生产出价值连城的乙烯、塑料、合成纤维及合成橡胶等石油化工产品，并将它们推向世界市场的时候，我国从20世纪70年代初才开始引进国外先进设备和技术，出口石油产品。到80年代以后逐步形成一个新兴的综合的大工业体系。于是，中国石油化工总公司诞生了！乌鲁木齐石油化工总厂这个耀眼的名字随之也出现在中国西部大地，出现在中国石化总公司这面光彩夺目的大旗上了。

仿佛一轮朝日喷薄欲出，从巍峨的博格达雪峰冉冉升起。于是，朝晖映红了雪峰，映红了大地。于是，新疆人民看到了曙光，看到了美好的未来。

此时此刻，你若面对东方，遥望博格达峰，透过那16平方公里的银色石化城，你将会发现那座颇具现代意识的高大雕塑。它像一把利剑耸入云天，而它的腰间则是一尊飘飘欲飞、振臂向前的巨人。它虽够不上艺术品，却使人强烈地感到，那是一种开拓者的形象、力量的象征。

英雄的石化人正迎着改革开放的时代大潮，勇往直前，阔步走向辉煌的明天。

缚住苍龙

也许，这是一桩不该发生的事件，它却莫名其妙地发生了。于是，人们同大自然展开了一场厮杀，奏出了一曲动人心魄的凯歌……

一

事情发生在呼图壁县城西南37公里处的喀拉加勒山下的红山水库。

1989年10月30日，位于红山水库北侧的地震台的测试仪表突然出现异常反应，灵敏度极强的指针急速摆动了几下，记录仪随之显示出：该地发生了里氏3.2级地震。时间是凌晨4时34分。

地震台的工作人员确曾感到一阵微微的震颤，但绝没有料到这是红山水库大坝滑坡造成的地震假象，地震仪也有上当的时候。

直到清晨7点钟左右，水库管理人员发现水库泄水声消失，干渠突然断水，坝沿护栏莫名其妙地倒掉几十根，这才觉出事情有些蹊跷。

正在水库检查工作的县水管站站长俞永旺得知此情，慌忙爬上大坝。站定一看，他觉得脑袋像要炸裂似的一阵轰鸣，两条腿瘫痪了一般，“咚”的一声坐在地上了。

天哪！600多米长的水库大坝拦腰垮掉了一大片，泄水涵洞被彻底堵塞了。水浪无情地拍打着解体的护坡，正大口大口地吞噬着向下滑动的泥石流……

俞永旺不敢相信自己的眼睛，似在梦中。“这不是真的，绝不是真的……”他喃喃自语着。然而当他再次睁开眼睛时，眼前仍是一片狼藉，一派惨相。他想大声呼喊，却喊不出声来。这时，管理站的几个同志已经站在他身边了。他们的眼里也充满了疑惑、惊骇。他们面面相觑，无所适从。

“大坝垮啦，完啦！”有人绝望地哭喊起来。

人们大凡遇到从天而降的灾难，都会经历那么一阵子惊惶失措。他们木呆呆地站在那里，像傻子似的互相凝视着，不知该干些什么。

俞永旺终于从梦中醒来。

他疾步跑回办公室，抓起电话耳机，声嘶力竭地吼着：“喂，大丰吗？快接水电局！……大丰，大丰！……”

给县里打电话，必须经过大丰镇总机。他没有想到，大丰镇总机还没到上班时间哩。

俞永旺“啪”地挂掉电话，把目光投向水管站副站长张美虎，让他立即发动摩托，把险情直接报告县委、县政府领导。

被人们戏称“张迷糊”的张美虎，别看他平时总是眯眯地笑着，遇事不慌不忙的，此刻倒变得格外清醒，十分干练。他跨上摩托，犹如老虎下山，直奔县城而去。不到半小时，他就出现在呼图壁大街上了。

找水电局局长，找分管水电局的副县长。

“大坝垮啦！”“红山完啦！”

他气喘吁吁，泣不成声。

俞永旺的电话也打过来了，还是同样的两句话，同样的气喘吁吁。

不幸的消息不胫而走，很快传遍了县委、县政府机关，传到自治州，一直传到自治区领导那里。

二

通向红山水库的公路上，不时掠过一辆辆小汽车、摩托车，一队队自行车。

水库出现的险情牵动着所有的部门和领导，牵动着那些从水库得到恩泽的千万户人的心。

马洪才副县长最先到达水库大坝。他是县上主管水利工作的头头。接到险情报告之后，他首先找到政协副主席陈青松。这位在水利战线上奋战了20多年的女将，二话没说，放下手头的工作就跟他一道来了。

县委书记陈庭忠、县长马景援、副书记王守垠、副县长陈钟灵、鲁恒祖等领导紧接着赶到了现场。

不久，州党委书记肖桂馨偕同副书记柴庚存、副州长夏力普汉等也出现在大坝上了。

正在玛纳斯县参加全州中型水库检查评比工作会议的州、县水电部门的同志更是心急如焚地赶赴现场。

……

一时间，州、县、乡的头头脑脑纷纷云集红山水库。

他们真希望这是一场虚惊，而不是大坝真的滑坡。然而，一踏上大坝，他们心里“咯噔”一下不由得紧缩起来。大坝正中果然塌裂了一条长62.5米、宽72.5米，滑弧深约6米的大缺口。两孔输水涵洞被堵得死死的，库水只进不出，库内蓄水以每天10万立方米的速度在上涨，上涨。

蝼蚁之穴，毁于一旦。古人的警语，他们不会不懂，若不及时采取措施，水库随时都有决堤的危险。而几千万立方米的洪流一旦冲决堤坝，那无异于把阵地拱手让给惨无人道的刽子手，任凭他们横冲直撞。不仅大丰镇的10多个村庄及甘河子林场要遭灭顶之灾，玛纳斯县的一些村庄以及新湖农场、芳草湖总场等地的人民群众也逃脱不了厄运。而横贯北疆的铁路、乌伊公路（乌鲁木齐至伊犁）和乌克公路（乌鲁木齐至克拉玛依）将淹没于一片汪洋之中，陷于久久的瘫痪。那时，北疆的经济建设和人民生活都将处于困境。后果不堪设想。

一定要要排除险情！一定要保住大坝！

州、县两级领导在现场主持召开了紧急会议。以马洪才副县长为总指挥的抢险指挥部成立了。

抢险指挥部当即制定了抢险方案：一面组织人力疏通泄水涵洞，一面在坝前筑起围堰。双管齐下，彻底消除对大坝的压力。

两项重任，义不容辞地落到离水库较近的大丰镇（乡）和甘河子林场的身上了。

三

且说大丰镇镇长陈德仁领命之后，当即奔赴红山村和大土古里村。

那天，红山村正洋溢在丰收之后的喜庆氛围中，好几家的门口都挂着鲜红的“囍”字，嬉笑声、猜拳声不绝于耳。若在平时，他这个被称为“大毛拉”的镇长，无论如何也要进去喝几杯喜酒，为新郎新娘祝贺一番。可眼下，他却只能给他们带来一个不幸的消息。他必须告诉他们，在他们身边，有一只可怕的魔鬼正在窥视着他们，随时准备夺走他们的幸福。

他找到村主任刘大奎。这个浑身透着男子汉气息、领着全村人走上富裕之路的大奎，也在一家婚礼的酒席桌上，正喝得醉眼蒙眬，脸上泛着红晕。听说“红山”出事了，他腾地站起来，朝门外跑了出去。

“大奎，你一个人顶个屁用！马上集中30个棒劳力，跟我走！”陈镇长眼里透出的威严，使大奎清醒了。

不久，村子里的有线广播便响起刘大奎瓮声瓮气的喊声。他把“红山”的不幸消息通报给共产党员、共青团员和全体村民。不须费多少口舌，一支精壮的抢险队伍便组织起来了。

接着，甘河子林场和大丰镇各村的许多村民也相继涌向水库，加入抢险的行列。

四

爬上水库大坝，许多人忍不住流泪了。大丈夫有泪不轻弹，而堂堂五尺男儿，此刻竟呜咽起来。

村支书张玉合也哭了，哭得比村民还要伤心。

“红山水库是我们的命根子呵！没有它，我们红山村人靠什么吃饭哟！……”

不料，他的哭诉竟成了最好的动员。

红山村原先是个兔子不屙屎的地方，除了那些实在找不到生计的人，谁都不肯到这鬼地方落脚谋生。

据史料记载，红山顶上原来有座庙宇，那是100多年前人们为了以神镇邪、消灾灭祸而修建的。

源于天山雪岭的图古里克河（亦称雀尔沟河、军塘湖河），既赐福于人类，又常常给人们带来灾难。每当洪水泛滥或久旱无雨时，人们便纷纷进庙烧香拜佛，祈求菩萨显灵。但神灵一次也没有保佑过他们。新中国成立后，虽修了引水渠，却不能彻底改变水龙王喜怒无常的脾气，仍是“靠天吃饭”。那时，社员工分本上的一个工日还顶不上一毛钱。有人辛苦一年，最终还得靠借债养家糊口，艰难度日。

如今，农民的日子越过越红火。红山村人均收入已突破千元大关，家家有存款，户户有余粮。这除了党的农村政策带来的实惠，更应感谢红山水库的滋润。

红山水库建于1972年。18年来，它给古尔班通古特沙漠边缘的万顷农田输送了无尽的琼浆玉液，使亘古荒原焕发了生机。大丰镇和甘河子林场就是靠着它夺得了连续12年的农林牧业丰收。

对比是最有说服力的。1972年以前，大丰镇的粮食总产量一直徘徊在300万公斤左右。而1989年已经达到1456万公斤，增长了近4倍。

饮水思源，他们怎能容忍已经束手就擒的巨龙脱缰而去、再施淫威，夺走他们手中的金饭碗？

眼泪感动不了水龙王。他们决心拼搏一番，斩断它妄图伸向大坝外面的魔掌，让它乖乖地听候人们的调遣。

五

当晚，抢险指挥部一声令下，一场疏涵洞、筑围堰的战斗拉开了序幕。

风卷着雪，雪夹着雨，在山谷里呼啸着。几个民工互相搀扶着走进涵洞，走了不到50米，前进的路被堵住了。两条并列的高1.8米、宽1.2米、长达150米的输水涵洞已被堵塞了三分之二。这就告诉他们，必须在很短时间内把100米长的涵洞淤积物一锹一锹、一车一车地运到洞外。这可不是一件容易的事。上甘岭战役也不过如此。以前有人也在洞内清过淤，那滋味真他妈的不好受，头上顶着水滴，脚下踩着泥浆，一步一滑。洞内通道因泥沙淤积，高度只剩一米四多一点，抬不起头直不起腰。每运出一车沙石，不知要付出多少艰辛。

几个民工又返回洞口。

怎么，怕苦吗？再苦再累也要把涵洞疏通。世界上没有愿意吃苦的人，但关键时刻能否吃苦在前，享受在后，那是对人，尤其是对领导者的严重考验。

于是，甘河子林场副场长李淑合首先冲进去了。

大丰镇副镇长石金柱也冲进去了。

县水电局副局长李玉才虽然已经年过四十，也不甘示弱，始终站在抢险第一线，哪里最危险，他就到哪里去。

他们都是共产党员。抢险指挥部把疏通涵洞的重任压在他们身上的时候，虽然没有宣誓，没有说几句豪言壮语，但他们心里都很清楚，那是党的重托、群众的信赖。

顷刻间，涵洞内外车来人往，一片沸腾。那天，许多人都是仓促上阵，有人甚至没来得及回家吃口饭，拿条洗脸毛巾，没有同妻子儿女告别一声，就来到了水库。可是一进洞里，便把什么都忘了，忘了饥寒、忘了疲惫、忘了儿女情长，一口气干了十几个小时。到轮班休息时，才想起已经一天一夜没有吃饭。走出洞口时，连腿都抬不起来了。寒风呼呼地吹着，却找不到一块栖身之地。不要说房子，连窝棚也没来得及搭，随便找个麻袋，躺在水管站的屋檐下便呼呼地睡着了。也许只睡了一两个小时，不知哪个狠心的家伙，猛地一脚踢在背上。醒了，接着又干。

东乡族民工高克山，20多年前曾经参加过红山水库的修建。他经历过“火红年代”那种革命加拼命，“活着干，死了算”的干劲儿，更尝到了水库带来的甜头。苦尽甘来，他格外珍惜今天的幸福。50多岁的人干起活儿来还像个小伙子，推起小车，嗖嗖直跑，手划破了，默不作声。有人劝他休息，他说：“没有红山水库，我们的饭碗也端不好，我们不干谁干？”64岁的何震海，也一直在涵洞中推车运沙，挥汗如雨。大家只有一个念头：尽快打通涵洞，一定要保住水库大坝！

六

三天三夜过去了，涵洞还是没有打通。

水库中的水每时每刻都在上涨。上百个垒围堰的民工踏着齐膝深的积水，把装满泥沙的麻包一袋一袋扛上去。像一道长城在加高。但每加高一层，难度就增一分。饱和着水分的一袋泥沙，重似铁疙瘩，要运到围堰的顶端，必须化整为零，分几次传递上去。当围堰升高到20多米的时候，突然发现堰墙大量漏水。水龙王正窥测时机，瞄准滑塌的坝体，随时准备冲决而出。尽管及时采取了挡土加固的措施，但水龙王并没有甘心于自己的失败，围堰加高一尺，它就跟着上涨十寸。谁胜谁负，一时难见分晓。

负责围堰工程的俞永旺、何天璐、李安建日夜守护在围堰工地上，眼睛熬红了，嗓子喊哑了，却不肯离开片刻。他们和民工们一样，饿急了，抓块干饼子，边吃边干。一旦发现险情，立即向指挥部报警、告急。而指挥部的回答只有一句话：密切监视水情，坚决顶住，为疏通涵洞争取时间。

七

涵洞何时才能打通？能顶得住吗？

上上下下都为他们捏着一把汗，上上下下都在想，我们做些什么呢？

自治区党委副书记栗寿山从接到水库险情报告开始，就一直关注着抢险工作，并派出了有关部门的领导和水利专家到现场了解情况，出谋划策。他还规定每天必须向他报告一次抢险情况。他把“红山”时刻装在心中。

州党委、州政府的领导们，除了亲临现场指挥，帮助决策，每两小时还要听取一次抢险情况的汇报。州党委书记肖桂馨说：“抢险第一线需要什么就给什么；如果有人不给，就找我肖桂馨。”

现代化的宣传工具使全县人民都能从每天的电视新闻中目睹红山抢险的实况。红山成为人们议论的热点、各行各业关注的中心。

急抢险之所急，一切给抢险让路，一切为了抢险，成为全县最时髦的口号。

抢险工程需要2000立方米石头，全县100多个单位总动员，有人出人，有车出车，立即组成万人大军，来到玛纳斯县境内的塔西河捡石、运石。仅5天时间就完成了任务。

新疆军区军医学校、十三医院抽调十几辆卡车、上百人走上水库大坝，援助抢险工程。

县粮食局、石油公司、修造厂、邮电局、商业局、百货公司、运输公司、建筑公司，连酒厂、招待所、防疫站都行动起来，为抢险前线提供了急需的油料、通信和照明设备、商品、药品、食品、粮食……

县委、县政府以及工、青、妇等部门的干部、职工主动为大坝抢险捐款4000多元，捐赠手套1800双。县一中的学生拿出平时省下的零用钱，集中了600多元，送给了抢险指挥部。这为数不多的财物，也许难解抢险的燃眉之急，但它却反映了人们不重金钱重情义的新风尚。

这里，需要多花些笔墨的是，在涵洞久疏不通的紧要关头，昌吉市公安局、呼图壁县公安局及时派来了他们的消防队员，投入了抢险行列。他们带来了消防车和高压水枪。面对着生与死的考验，他们深入涵洞100多米处，向淤积的泥沙发起猛攻。高压水枪轰鸣着，震耳欲聋，令人战栗不已。强大的水柱射向泥沙，涵洞顿时变成了混浊的小河。民工们跟在后面清淤，只觉得洞内的空气越来越稀薄，连火柴都划不着了。不要说工作，站一会儿也让人头昏目眩，气喘吁吁。但是，消防队员却不愿停止工作。

这时候，直接操纵高压水枪的，常常是昌吉市消防队长周保江和县消防队指导员孟庆宏。他们把队员安排在外面，自己却跪在泥浆中。衣服湿透了，全然不顾；饿了啃几口面包，渴了喝几口凉白开。60多公斤重的高压水枪，抱在怀里，巨大的震动常使他们疲惫不堪。两个小时下来，浑身已是酥酥的、木木的了。但是看到清淤进度在加快，他们的脸上依然挂着微笑。

八

随着清淤进度的加快，民工们发现了一件大惑不解的事：明明干了几个小时的活儿，指挥部的统计报表上却显示不出清洞进尺的成绩，有时几乎等于“零”。

聪明人凭感觉已经意识到，水的力量正在挤压着淤积物缓慢地推过来了。据专家说，这是通水前的“攒劲”（给力）信号。现在还是“红灯”，“绿灯”很快就会亮的。

然而，对民工来说，这是一个危险的信号。为了保证人身安全，消防队采取了无人操作法，将高压水枪固定在特制的铁架上，进行自动喷射。不料，水枪竟被推过来的泥沙掩埋了几次。

情况愈加危急。指挥部下令在水闸和洞口处安装保险绳，洞外拦上安全网，以防意外情况出现时，人们凭借它能获得一线死里逃生的希望。

谁料，这些安全措施反而在民工们的心里投下了一层阴影，增添了几分疑虑和恐惧。他们知道，涵洞一旦突然冲开，洞内的每一个人都是逃不脱厄运的。有人还清楚地记得1985年清淤的情景，涵洞被冲开的一瞬间，气浪腾空而起，高过屋顶。洞内的一辆人力车被冲到20多米外的渠道水泥护坡上，被砸得粉碎，加重车轮也拧成了“麻花”。幸运的是，人们当时都已离开现场……

心有余悸。民工们面面相觑，心里不住地敲着小鼓。

“他妈的，这硬是玩儿命哩。”

“人死了，政府给不给开追悼会？”

“我倒不怕死，只怕日后老婆孩子没人管，孤儿寡母怪可怜的。”

“干部职工死了有抚恤金，还可以当烈士，我们呢？……”

“要是我死了，真能当个烈士，有人把孩子老婆管起来，死也瞑目了。”

……

民工们三三两两地议论着，都是生生死死的话题。有的似是玩笑，目光中却透着忧郁和凄楚。有人甚至说县里已为他们准备了20口棺材。虽属谣传，却有人相信，气氛更加恐怖起来。进洞的人变得小心翼翼了，洞内稍有异常，有人便惊慌失措，没命似的朝外跑……

这时候——在有些电影或文艺作品中，常常会出现一个高大形象，站在一块高地上，挥起手臂喊道："共产党员、共青团员们，不怕死的跟我冲呵！"——然而，呼图壁县委书记陈庭忠、抢险总指挥马洪才没有召集会议，也没有发什么号召，戴上安全帽，就进了涵洞深处。

陈书记只是镇定自若地说："不要怕么，要死我先死！"

这句很随便的话，颇有点悲壮意味，它却驱散了人们心头上的阴云，给了人们勇气和力量。据说，陈书记在这紧要时刻，坐镇水库三天三夜。这样的事20世纪五六十年代也许算不上什么壮举，而今天却让人觉得倍加可贵。尽管我未能结识这位书记，但他的形象却留在我的心中了。

九

为了攻克最后的难关，抢险突击队成立了。

所谓突击队，其实是敢死队。兵要精，将要强，关键时刻能顶得住，勇于牺牲。

这个重担又落在李玉才身上了。这是陈书记、马副县长当场点的将。李玉才在水利战线上干了多年，算得上是个实干家。但他深知责任重大，颇犹豫了一番。陈书记说："非你莫属。两个副队长由你自己点将！"

李玉才心想，这才是一次真正的考验。可当时他并没有想到生与死的事，为了排险，为了人民群众的生命财产安全，就是刀山火海，他也豁出去了。他把目光转向石金柱和李淑合，这是他的干将。他很欣赏这两个年轻人的吃苦精神和组织能力。

“李副局长，你好心狠，临死还要拉上两个垫背的！”李淑合算是默认了。

“听说红山上有座庙，咱们也去烧个香、拜个佛吧！”李玉才跟他开着玩笑。

香是不会烧的，三个队长却提着脑袋进了涵洞。其实，就是不当敢死队长，他们也要站在最前头。谁也无法估计涵洞被冲开的时间，他们早把生死置之度外了。

“进吧，进吧！书记、县长、队长都在里头，我们还怕啥哩？”

民工们争先恐后地进入洞内，推着小车像赛跑似的，三五分钟就是一趟。有的民工每次推车进洞时都朝洞外的人招招手：

“同志们，永别喽！”

“再见吧，老朋友！”

说归说，真的到了危险时刻反而不知道害怕了，反而把生与死的事看得很简单了。大家说说笑笑，进进出出。小车不倒只管推。明知山有虎偏向虎山行。这些20世纪60年代的豪言壮语，有的人还能背诵出来。

十

11月5日中午。

指挥部里烟雾弥漫。州、县领导、工程技术人员还在为涵洞久疏不通、围堰即将被冲毁的局面而焦虑，还在讨论制定种种排水方案的时候，忽然从山谷里传来一阵惊天动地的轰鸣，似巨龙吼叫，像万马奔腾，好像又发生了三级地震。

大家不约而同地跑了出去，不约而同地喊了起来：

“出水了！”

“涵洞打通了！”

民工们在欢呼，在跳蹦子（西北话：雀跃），在喊“万岁”。出水洞口周围挤得水泄不通。几天来一直愁云密布的脸，此刻舒展开来，露出了微笑。

但是，有谁知道，就在涵洞通水的几秒钟前，消防队的周保江、孟庆宏，突击队的李淑合、石金柱还在涵洞闸门附近巡视。他们把民工赶出洞外，自己却留下了。当周保江大吼一声：“水来了！”李淑合猛然抓住梯子，边向上爬边喊：“停电！关闸！”

真是万幸。

大家都是从死神怀抱中挣扎出来的幸存者。

十一

精神力量之强大，往往连自己也会估计不足。

六天六夜的抢险，有人断断续续睡了不足10个小时，吃了不到5顿饭，硬是挺过来了。你说这是不是奇迹？

不过，人一旦松弛下来，浑身便像散了架似的动弹不得了。四肢软软的，嗓子哑哑的。焦灼、疼痛、乏累，好像大病了一场。这时候，真想美美地睡它几天，痛痛快快地玩几天，把六天六夜的精神损耗弥补一下。

但是，他们做不到，谁都做不到。大坝急待修复，新的任务在等待着他们。

修复工程指挥部成立了。总指挥还是马洪才副县长。

这位年过五十的回族中年汉子从抢险第一天，就和民工、水库的命运交融在一起了。40多米高的陡峭的大坝，100多个台阶，他每天不知要攀登多少回。每上一个台阶，都要喘口气。鞋子总是湿漉漉的，他的关节炎终于发作了，膝盖酸痛难忍。但他不肯离开第一线，时而上围堰，时而钻涵洞。哪里出现问题，他就到哪里去。

那天凌晨5点左右，电话铃声响了。是妻子打来的，话音极其微弱，带着啜泣：“我实在受不了了……你能不能抽空儿回来一趟……送我住院。”

他知道，妻子的痔疮犯了，内痔外痔一起夹攻，加上子宫肌瘤作祟，她已疼痛难忍。妻子早想住院开刀，因儿女不在身边，老马又总是忙得脱不开身，就拖下来了。现在终于到了不动手术不足以消除痛苦的时候了。

“你再忍耐一下吧，上午我还有一个重要的会要开……”

老马给了妻子几句安慰的话，却不能解除她的剧痛。清晨，她只好忍痛向医院蹒跚而去。要不是鲁恒祖副县长及时发现，找了位女同志搀扶着她，说不准会倒在路边的。等老马赶回县城时，妻子已经躺在病床上了。

医生决定给她做手术。老马坐在妻子身边，心里却还挂念着水库。这时，一位乐于助人的老邻居主动提出为他照料妻子，才解了他的后顾之忧。妻子是通情达理的，他待在妻子身边不到两天，又匆匆回到了水库。

现在水库险情排除了，他何尝不想抚慰病中的妻子！可是滑坡的大坝如不及时修复，水位一旦猛涨，随时还有决堤的危险。更使他焦虑的是，修复工程能否在大冻之前完成，直接关系着大坝的施工质量。他不能掉以轻心。

县政协副主席陈春松，仍是副总指挥。5年前她已从水电局副局长的位置上退下来了。按说，她可以不再染指水电了。但是，干事业的人总是有那么一股“傻劲”，她的目光始终不愿离开自己曾经洒过汗水、为之奋斗一生的事业。1955年从武汉长江水电学校毕业，来到新疆时，她还是个没有选民资格的小姑娘。在自治区水利厅干了不到2年，她又自告奋勇到了呼图壁。光阴如流水，在这儿一蹲就是30多年。风刀霜剑在她脸上刻下了道道皱纹，却没能夺走她心中火一样的热情。

红山水库，当年她是戴着“臭老九”的帽子参加设计施工的技术人员之一。她对水库了如指掌。马洪才点了她这个女将做助手，不是没有道理的。可是，一贯善解人意的老马，这次竟没有发现陈春松的难言之隐。

当时，陈春松的女儿刚刚生过小孩，难产造成大出血，血色素降到5克，身体十分虚弱。她的女婿是个军人，不在身边。女儿多么需要母亲的爱抚啊！可陈春松却难以启齿。不是母亲无情，而是大坝确实需要她。于是，她只好两头兼顾，白天上水库，晚上回来照顾女儿。修复工程上马了，女儿身体也渐渐恢复了，她决定把行李搬到工地上。

马洪才说：“老陈呀，你还是两头跑，住在家里算啦。”

老陈急了：“那怎么行？指挥部实行三班倒，我怎么能例外！”

是的，她应该住下来。千人水利大军浩浩荡荡开上来了，许多难以预料的难题都会冒出来，她必须全力以赴地协助总指挥处理各种技术问题。

十二

修复工程的确是一场特殊的战斗。

大坝滑坡使3万立方米泥沙向库内塌陷进去，要进行大坝回填，改建涵洞，首先必须将3万立方米泥沙搬走，彻底清理好场地。但当时的大部分泥沙已经浸进了冰水，处于饱和状态。近百米长的坝基成了一片浩瀚的沼泽区。人往上一站，便会“咕咚”一声，陷到齐腰深而不能自拔。

可怕的泥沼，令人毛骨悚然。但民工们没有被吓倒，他们在腰间系上保险绳，由上面的人拽住，一锹锹地把稀泥装进麻袋，再一袋一袋地往外扛。泥水顺着脊背淌下来，流进全身，冰冷彻骨。干完一个班次下来，个个都成了泥人。夜班民工更是辛苦，当寒风袭来的时候，他们的衣服几乎成了盔甲，走起路来，喳喳直响。

3万立方米泥沙，他们就是这样一袋一袋、一车一车运走的。

涵洞改建也是一项十分复杂的工程。为了清除洞口前的倒流积水，保证混凝土浇筑无水作业，需要在并列的两条涵洞中安装4根导流钢管，并在入口处筑起一道围堰。当围堰工程即将合拢的时候，水流突然变得湍急了，装满沙土的麻袋撂下去，立刻被洪流冲得无影无踪。这时，负责洞口施工的技术人员率先跳进冰冷刺骨的激流。随后，民工也一个接一个地跳下去。他们手臂挽着手臂，组成一道人墙，终于使围堰合拢了。

早在抢险期间，工程技术人员就开始为大坝的修复收集资料。经过反复研究、测算和比较，他们提出了几种设计方案。最后决定采用朝前延长涵洞，建“龙抬头”竖井，以减少泥沙入洞，防止重蹈覆辙。

重任落在县第一建筑公司施工队身上。队长牛忠兴、助理工程师王振江立即率领全队职工来到工地。

浇筑施工前，要先砸掉旧涵洞口混凝土八字墙。工人们抡起约8公斤的大锤，狠命地砸下去，300号的水泥上只留下一个白印儿。有人虎口震裂了，吃饭都拿不住筷子。有人被碎石崩破了嘴巴，血流满口，但八字墙依然纹丝不动。

指挥部领导发现这一情况，及时调来县人武部的爆破手。他们担心大爆破会危及坝基安全，便组织技术人员献计献策，进行微量爆破试验。终于攻克了八字墙这个拦路虎，为涵洞延长及竖井工程施工创造了条件。

时令已进入隆冬季节，工地上寒风凛冽，气温骤降。为了保证混凝土浇灌质量，施工现场立即搭起了保温棚。棚内炉火熊熊，烟雾缭绕。负责浇筑的工人和技术人员本想借此机会避风驱寒，获得一丝温暖，却不料含着二氧化碳的煤烟更让人难以忍受。在棚内待上一两个小时，便开始头晕、恶心，一点食欲也没有了。他们只好采取倒班的办法，日夜不停地工作。

在这里，分不清谁是工人，谁是技术人员，谁是领导，大家都是一个模样：熏得黝黑的脸膛，溅满泥浆的衣服，和一双皲裂的大手。即便是英俊而标致的男子汉，此刻也不会引来姑娘的目光。

十三

我终于来到红山水库。

万山丛中一点红。走进天山峡谷，看到那座褐红色的山峰，就会发现横在眼前的红山水库大坝了。

用“雄伟”两个字来形容它的气势也许并不为过。站在水管站的院子里，仰目而视，才能看到它的顶端。它把两座姊妹山连接起来，隐入云雾之中，颇有古城堡的神秘。

登上大坝，才真正领略到“高峡出平湖”的绝妙景色。举目望去，远山近水一片苍茫，两岸悬崖峭壁、洞穴石窟倒映水中，美不胜收。新疆的红山何其多，唯独此处的红山更为千姿百态，妩媚动人。她像串在大坝两端的红宝石，富有某种灵性似的把图古里克河拦腰截断，聚滔滔雪水于怀抱之中，造福于人类。不过，当水龙王暴怒之时，她也只能望洋兴叹，听天由命。只有人类的反抗可以改变自己的命运。

红山应当作证，在那些不平静的日子里，是呼图壁人奋战了60多个日日夜夜，修复了那条即将断裂的锁龙链条，才使呼图壁和北疆大地转危为安的。

渠水正流进返青的麦田，流进即将吐绿的林带。

列车无忧无虑地行进在北疆的大地上。

……

一切都归于平静，仿佛什么事都不曾发生过。

水库终于开始蓄水了。但图古里克河这条桀骜不驯的巨龙永远也不会服输。眼下，它正挟着大大小小的冰块飞泻直下。它狂叫着、暴跳着，试图再作一次挣扎。但大坝岿然不动。它又一次碰壁了。

呼图壁人为此感到欣慰、自豪。他们把这一壮举称为“红山精神”。

假如红山真的有知，她也应当感到骄傲，和我们共同高喊一声：“红山精神万岁！”

龙是怎样腾飞的

山不在高，有仙则名；水不在深，有龙则灵。

——刘禹锡《陋室铭》

中华民族是龙的传人，炎黄子孙历来把龙视为图腾而顶礼膜拜。龙吟虎啸、龙腾虎跃、龙盘虎踞、龙飞凤舞、龙凤呈祥……几乎所有象征大吉大利和生机勃发的词都与“龙”字有缘。尤其是有关龙的传说，在我们这个崇尚农耕文化的古国，更是源远流长、家喻户晓。

然而，本文所说的龙并非虚无缥缈的传说，而是新疆人运用生物科学技术将新疆得天独厚的生物资源转化成的一种新的科技产品——旱地龙。这个从20世纪90年代初腾飞于中国西部的龙，以自己的高科技含量为科技兴农、为推动中国农业的发展显示了巨大的威力。它不仅具有惊人的抗旱功能，而且是一种对土地和生态没有任何负面影响的绿色环保型的植物生长营养剂。“有旱抗旱，无旱增产。”如今，旱地龙已在全国31个省、市、自治区和部分国家推广应用并产生了重大影响。

一场以旱地龙为主角的肥料革命正在神州大地悄然兴起。这对减轻地球“温室效应”带来的干旱缺水造成的危害、解决人类生存与发展同自然生态的矛盾，无疑是一个重大突破。

一

旱地龙从中国西部横空出世，绝不是偶然的。

生态环境已经成为当今人类面临的严峻课题，其中水资源危机令全球关注；接连不断的气象灾害对农业的持续稳定发展构成重大影响，其中干旱的威胁是第一个面临的难题。

全球干旱和半干旱地区遍及50多个国家和地区。

非洲大陆从20世纪70年代以来屡遭干旱的袭击，河水枯竭，土地龟裂，树木枯毁，作物烧焦，蝗虫蔓延，饥饿横行，数以百计的灾民死于食物奇缺，数以千万计的难民逃离自己的家园。在撒哈拉沙漠以南非洲的近5亿居民中，有1.5亿人受到饥荒影响，1亿人处于饥饿状态，被称为非洲近代史上最大的灾难。

20世纪80年代末，北美发生50年不遇的大旱，美国50个州中有36个州1500个区受灾，玉米、小麦、大豆比上年分别减产37%、23%、13%，加拿大小麦减产30%。号称"世界粮仓"的美国出现了历史上第一次粮食产量低于消费量，从而导致世界粮价飞涨。

"洪灾一条线，干旱一大片"，干旱是我国历史性灾害，尤其是北方，备受十年九旱之苦。新中国成立前姑且不论，仅新中国成立后的50年中，农田受旱面积最高年份达4亿—6亿亩（约2666.67万公顷—4000万公顷），平均每年受旱面积为3.1亿亩（约2066.67万公顷），从发展趋势看，有增无减！20世纪50年代，全国平均每年受旱面积为1.73亿亩（约1153.33万公顷），60年代增加到3.24亿亩（2160万公顷），70年代上升到3.98亿亩（约2653.33万公顷），80年代仍达到3.75亿亩（2500万公顷），90年代居高不下，且受旱范围不断扩大。

资料显示，我国1950—1979年粮食产量受各类气象灾害影响，总损失量为3026.25亿公斤，其中因干旱影响引起的损失量为1532亿公斤，占总损失量的一半以上。

水资源出现危机更为突出，全世界有60%的地区供水不足，100多个国家缺水，40多个国家出现严重水荒。

据预测，全球将于2030年后出现水资源危机，而我国在2000年之前已进入了水危机阶段，干旱半干旱地区的降雨量呈明显下降趋势，旱象日益严重。根据气象专家预测，未来几十年内，我国气候有可能在波动中趋于变暖，尤其是缺水少雨的西北地区下个世纪旱象将更加突出。

这绝不是危言耸听，而是摆在我们面前的严酷现实。

自20世纪中叶以来，由于地球“温室效应”的加剧，气候变暖，生态环境不断恶化，越来越多的专家、学者被全球范围的水资源的萎缩、水饥荒间隔时间的缩短、干旱频率的加快、水的可更新能力的减弱、水的供需出现的严重失衡现象所困扰，无不为人类的未来而焦虑、担忧。他们苦苦思索着、孜孜探求着农业生产的新出路：如何提高植物对水分的利用率，如何增强植物对干旱的抵御能力。

国外学者从20世纪40年代即开始进入对植物抗蒸腾剂（抗旱剂）的研究，希望寻找一种能人为地改变植物气孔开张的药物，以降低水分的消耗量。他们甚至预言：21世纪对农业生产水平高低判断的标准，将不是单纯看单位面积的产量，而将更注意其水分利用率的高低。

为了找到这种物质，揭开科学神秘的面纱，一些科学家的确付出了大量心血，但奈于药品的性能、价格、毒性、污染等诸多问题没有取得突破性的进展，致使抗蒸腾剂的研究始终未能走出实验室……

幸运的是，我国科技工作者经过多年探索，终于在20世纪70年代最先发现了这种既能改变植物气孔开张度，又对环境无负面影响的神奇物质——黄腐酸。经反复研究实验，在大田试验中取得了理想的效果，并形成工业化生产规模，开始投放市场。

这就是河南省科学院化学所运用离子交换法从河南巩义县（今巩义

市）的风化煤中提取高FA，进而研制出为我国抗旱节水事业的发展做出重要贡献的“抗旱剂一号”。

1986年法国出版的《植物气孔抗蒸腾剂的研究与应用》一书，对世界各国近30年抗蒸腾剂的研究进行了总结，其中只有腐殖酸被介绍做大面积应用。中国科学院化学研究所研究员郑平在其专著序中写道：“黄腐酸在农业上的应用，一些文献是有报道的，作为一种植物生长调节剂使用，并推上了市场，还是我们中国开了先河。”

国家农业抗旱节水攻关项目主持人王一鸣研究员更直率地说，“把腐殖酸用于抗旱节水则是我们中国的首创，也是我们中国对全人类所做出的重大贡献，而它的发展历史就是从抗旱剂一号到FA旱地龙。”

这里所说的“FA旱地龙”就是20世纪90年代初诞生在新疆哈密的腐殖酸科技开发总公司研制的新产品，被专家们誉为FA家族中的新成员和后起之秀。它既是得益于抗旱剂一号研究成果的启示，也是凭借着得天独厚的资源优势的重大发现。

它的问世同样经历了一段极不平凡的风雨历程，它凝聚着中国科学院、农科院的许多专家、学者以及当地党政领导和科研人员的大量心血和智慧。有成功的喜悦，也有心酸的泪水。

二

2亿多年前，新疆还是一片汪洋大海的时候，公平的上帝就从人类的生计着想，对未来进行了合理的设计：地面之上虽是浩瀚无垠、寸草不生的戈壁荒漠，却在地下为人类储藏了丰富的资源：石油、天然气、煤炭、铁、金、铀……几乎遍地是宝。

在新疆，富含FA（黄腐酸）的风化煤，其储量之丰厚，居世界之首，而优质风化煤集中地分布在东疆的哈密大南湖。

近水楼台先得月，距哈密市不足80公里的大南湖，风化煤的储量大约3亿吨，按目前的使用量，可供开采400多年。只是这里的自然环境异常恶劣，漫长的冬季，寒风呼啸刺骨，而夏天的最高气温则常在40摄氏度以上。所谓“湖”不过是一种海市蜃楼。这里根本没有什么湖光水色、鸟语花香，连骆驼刺、仙人掌这些耐旱的植物也难以生存。这个兔子不拉屎的地方，一向被哈密人称为“小西伯利亚”。

然而，当得知国家急需大量腐殖酸，当哈密地委、行署于1986年做出“利用本地资源开展腐殖酸研究试验”的决策之后，第一批创业者毫不犹豫地打起背包向大南湖进军了。

80公里的路程，一台老式的拖拉机几乎要颠簸一整天。路是最原始最坎坷的路，一天下来，骨架几乎被颠散。房子是自己挖出的地窝子、近似原始人居住过的洞穴。水是从很远的地方运来的，滴水贵如油，只能定量供应。20世纪80年代，当人们尽情地享受着物质文明的时候，他们却过着如此艰辛的日子。为了获得第一手资料，许多科研人员不得不冒着严寒酷暑在起伏的沙丘之间，选矿点、取样品、搞化验。脸晒黑了，身子瘦了，但没有一个人叫苦。为了从风化煤中成功地提取黄腐酸，加快科研的步伐，科研人员不计报酬，不畏艰辛，全身心地投入科研工作，有人甚至献出了宝贵的生命。

有一位叫李国英的地质工程师，为勘探、优选风化煤的采矿点，整日背着仪器和水壶奔波在大戈壁上，几个月没有离开过大南湖。12月底的一天，他搭乘一辆拖拉机回哈密过元旦，因平日过度疲劳，躺在拖斗里便呼呼睡了。不幸的是，在剧烈的颠簸中，他的太阳穴被一件锐利的铁器击破身亡，年仅43岁。

惨痛的悲剧没有吓倒科研工作者，他们揩干眼泪，更加奋发努力地投入科研工作。不久，腐殖酸研究所成立了，他们自己动手，在距哈密市10公里的花园乡附近的一块不毛之地上盖起了几间土房子，作为实验室，正式拉开了腐殖酸科技开发的序幕。他们一面搞科研，一面搞建设，几年工夫，不毛之地变成了小绿洲，成为花园乡一道新的风景。

写到这里，我们不能不提及在开发研制腐殖酸中带领科研人员艰苦创业的一个重要人物，他就是已经退休的原哈密市副市长、原腐殖酸科技开发总公司总经理杨青山。笔者未能与其谋面，但从人们的言谈之中，不难发现，杨青山是一个事业心很强，个性也很突出的颇有争议的人物。人们对他褒贬不一，众说纷纭，但对他在科研工作中表现出的顽强拼搏精神却不能不钦佩。他原在哈密市城建部门任职，后来接受对腐殖酸的研究这一任务，是因为他认定这个科研课题所蕴含的巨大潜力和经济价值。神奇的大南湖深深地吸引着他，在那片大戈壁上，他不知跑过多少趟。他和科研人员一起勘察，一起查阅资料，为开发腐殖酸出谋划策。当时一无资金，二无实验设备，他们就靠一堆瓶瓶罐罐和一口铁锅起家，用土办法寻找提高腐殖酸抽提率的途径。一次又一次的试验，一次又一次的失败。他们不气馁，不松劲，锲而不舍，百折不回。饿了啃点干馕，渴了喝点开水。实验室变成了他们的家。

经过几百个日日夜夜的苦战、几百次的试验，他们终于找到了提高抽提率的办法。研制出的第一批液体FA用于小麦田间对比试验，获得了理想的抗旱抗干热风的效果，1.2万亩（800公顷）小麦喜获丰收，比对照试验田增产80万公斤，平均单产增加66.6公斤。

喜讯不胫而走。全国政协委员、农业部（现农业农村部）副部长刘培植得知此事，立即向国务院提交关于加快腐殖酸生产、减少农业旱灾损失的建议。时任国务院总理李鹏亲自批转有关部门实地考察、落实提案。

经化工部和中国腐殖酸协会考察后，专家们一致认为，哈密拥有得天独厚的资源优势，大南湖风化煤富含优质黄腐酸，在这里开发研制，将对我国农业抗灾增产做出重大贡献。

于是，哈密从此被定为全国最大的黄腐酸开发基地，而备受国内外关注。

腐殖酸的开发获得了成功。应该说，它是集体智慧的结晶。国家和自治区有关部门，包括哈密地市两级领导都付出了巨大的努力。当然，更离不开那种跨行业、跨学科的科技大协作。由于该项目涉及基础理论、化工工艺、农业实用效果等多学科领域，因此必须采取联合作战的方针。在华东化工学院煤化系、中科院化学所、自治区化工局、自治区农业厅土肥站、新疆农业大学、哈密地市农技开发中心、兵团哈管局农科所等多家科研单位的鼎力支持下，针对大南湖风化煤的特点，找到了适合本地煤种的FA抽提方法，提取率比当时常规方法提高1.2—1.5倍，并简化了生产工艺，减少了原材料用量，使成本显著下降。

1992年，新疆科委组织25位专家和业内人士对其进行鉴定，结论是："工艺合理，产品质量好，已达到国内先进水平。"同年即获新疆高科技专利产品"金杯奖"，并被列为化工部重点科研项目。

旱地龙，就这样在中国西部大地横空出世了！

许旭旦——这位曾先后两次到哈密考察、为"抗旱剂一号"的诞生做出过重大贡献、其有关FA抗旱剂研究的学术论文曾在国际上引起广泛重视的河南科学院生物研究员，对FA家庭中的新成员旱地龙给予了高度评价，1994年，在推广应用FA旱地龙的新闻发布会上，他激情洋溢地说了下面一段话：

1992年，我们用FA旱地龙在河南做了试验，我们十分高兴地看到新疆的同志们将中国抗旱药物的研究推到了新的高度。由哈密风化煤得天独厚的自然资源所决定，FA旱地龙比抗旱剂一号FA分子量更小，生理活性更高，因此其用量更少，效果更好。在我们的试验中，叶面喷施旱地龙200ppm引起气孔关闭的时间在21天左右。作为最早从事FA抗旱剂研究的老科学工作者来说，我们从内心感到喜悦。新疆的同志做出了一流的工作，把我国抗旱剂研究推到了新阶段。我们有理由认为，这是新疆人民为全国，为全世界农业发展做出的一大贡献。……

我们相信许旭旦的每一句话都是真诚的，作为一个著名学者和教授，他既不会阿谀奉承，更不会违背科学而言过其实。他把每一项科研成果都视为对人类文明的贡献。这就是一个科学工作者的胸怀。

三

在FA旱地龙受到众多赞誉、荣获国内外众多奖项（其中包括全国首届亿万农民信得过产品评比金奖、入选中华之最荣誉大典、获国际驰名品牌）之后，人们期待着它在我们这个干旱半干旱地区约占国土面积47%、占全国土地面积51%的960万平方公里的神州大地上获得更广泛的推广应用，在农业抗旱节水方面发挥更大的威力。

但遗憾的是，旱地龙在它问世后的几年中，并没有取得令人满意的进展。

原因是多方面的，但在计划经济向市场经济过渡的转轨过程中，企业领导没能及时转变自己的经营观念和管理运作方式或许是主要原因之一。因而企业内部思想混乱，销售渠道受阻，科技人员纷纷离散，生产处于严重不正常状态。

市场竞争是无情的，你不去占领市场，别人就会去占领。具有雄厚经济实力的全国第一家水利上市公司——新疆汇通（集团）股份有限公司的最高管理层早就瞄准腐殖酸开发的巨大潜力，果断决定将募股资金2300万元投向开发植物抗旱生长营养调节剂——“甘雨牌”新一代旱地龙的研制，并着手注册成立新疆汇通腐殖酸科技开发有限公司和新疆汇通腐殖酸科学及应用研究所。与此同时，他们运筹帷幄，招兵买马，新疆汇通腐殖酸厂也很快在乌鲁木齐西山应运而生。

毕竟是财大气粗，汇通一起步就非同寻常。他们在对新疆境内的风化煤分布情况普查、对不同地域风化煤的腐殖酸相关元素的定量分析汇总、对国内各腐殖酸企业的工艺水平和腐殖酸类叶面肥在各省区的适应性及抗旱增产效果进行广泛调查的基础上，首先确定了科学、合理的工艺设计方案，并委托新疆土肥工作站在南北疆进行小区对比试验，获得了比较理想的效果。经过一年的努力，汇通腐殖酸当年试产成功，全部技术指标均达到设计要求，新一代旱地龙以短、平、快的速度闪亮登场，令人耳目一新，为之一震，很快赢得了市场。

1999年，水利部先后两次召开新一代旱地龙产品推广交流会，新一代旱地龙以其质优价廉备受全国各地代表的青睐，仅几个月的时间，便收150吨的订货单。

云南红塔集团的烤烟基地，使用新一代旱地龙之后，烟叶的品质大大改善，对提高红塔山香烟的质量起到了重要作用。

在1999年昆明世界园艺博览会上，新一代旱地龙潇洒地走进西北五省区及香港园、国际园等几大园区作抗旱、营养对比试验。它以超群出众的抗旱和营养调节功能而一鸣惊人，被世博园评为特别展品奖，并指定为唯一抗旱营养产品。

然而，没有料到的是，汇通因使用旱地龙这个名称而招致了一场官司，以生产新密牌FA旱地龙而闻名的新疆腐殖酸科技开发总公司状告生产甘雨牌新一代旱地龙的新疆汇通腐殖酸科技开发有限公司及其新疆汇通（集团）公司盗用其商品专用名称，使FA旱地龙销量锐减，造成了巨大经济损失，请求法院判令被告立即停止不正当的竞争行为，并向被告索赔经济损失733万元。

1999年8月24日，乌鲁木齐中级人民法院开庭审理此案，双方短兵相接，各执一词。被告认为，旱地龙没有注册，不在法律保护之列，只是通用名称而已。遂即提出反诉，要求法庭令其停止分割行为，索赔损失500万元，并在媒体上公开道歉，消除影响。

谁料，这场僵持半个月、连法庭都深感棘手的官司，竟在9月初举办的乌鲁木齐经济贸易洽谈会期间出现了戏剧性的变化，经自治区人民政府及水利厅、哈密地市领导从中周旋、调解，双方从西部开发的大局出发，握手言和。一夜之间，竞争对手变成了合作伙伴。拥有资金、管理优势的汇通与拥有资源优势的新疆哈密腐殖酸科技开发总公司一举达成联合组建新疆腐殖酸有限责任公司的协议：其中汇通占总股本70%，哈密占30%，共享技术成果、知识产权、无形资产，共同开发高新技术产品，实施名牌战略，进一步开拓国内外市场。

这样的联手，既在人们的意料之外，又在意料之中，它终究是西部大开发中的一曲动人的乐章，一个皆大欢喜的结局。

汇通介入不久，哈密腐殖酸厂便一改往日死气沉沉的局面，出现了一派新气象。严格的管理和竞争机制的引入，给企业注入了一股活力。人员减少了，生产效率和产品质量却提高了，哈密地市党政领导切身感受到现代化企业管理和营销策略的无限生机。谈及此事，不胜感慨。地委钱书记动情地说，改善投资环境，让大企业进驻哈密，这是利国利民的好事，谁能把事情做大，就让谁去做，真正把哈密的资源优势变为经济优势，这是我们的原则。行署李副专员说，汇通出资1000万元，收购了哈密腐殖酸科技开发总公司70%的股权，实现了优势互补，互惠互利，实践证明这是一条正确的路子。主管工业的哈密市委常务副书记樊庆魁是同汇通打官司的主战派，而当合作协议签订之后，他立即调整自己的心态，把往日的恩怨一笔勾销，全力支持汇通的工作。他说，作为一级政府，我们的责任就是为企业创造一个宽松的环境，使企业兴旺发达，再上新的台阶。

共同的目标，把汇通和哈密紧紧地联为一体。优势的融合，机制的调整，天时地利加人和，为黄腐酸的大开发奠定了可靠的基础。新一代旱地龙必将为中国科技兴农做出巨大贡献。

四

老实说，走近新疆汇通旱地龙腐殖酸公司之前，笔者对全国五花八门的抗旱产品包括新一代旱地龙在内，可以说一无所知。直至走访了公司所属的两个生产厂，目睹了从风化煤进入池内，加酸、加热、抽提、固液分离、过滤、自动导入包装机的全部工艺过程，才仿佛看出这个新的科技产品的微妙所在。

这是一个完全封闭的自动流水生产线，技术、质检人员面对煤水固液比、煤酸比、抽提温度、反应时间以及抽率曲线等，都有最佳的工艺控制参数和技术要求，有严格的检测、化验和抽样检验制度，从而确保了产品质量的稳定。

内行看门道，外行看热闹。对笔者来说，小小的一袋旱地龙对作物的抗旱增产、对环境保护所产生的神奇作用，实在不可理喻。于是，两个厂的总工程师毕玉春和蔡云海便反复地向我们讲解其原理。

在自然界，植物对水分的消耗量是很大的，一亩小麦从种到收需要300—350立方米的水，如果是亩产300多斤的话，一吨的水才产一斤小麦，可见其成本之高。那么植物所吸收的大量水分到哪里去了呢？原来植物叶片上有很多气孔，每平方厘米大约有10000个。这些气孔可以开张，也可以关闭，气孔开张时，水分便通过气孔被蒸腾散失，而气孔关闭的时间愈长，其水分的蒸发愈少。旱地龙就是通过控制气孔的开张度而减少水分的蒸发。哈密黄腐酸的奇特之处，就在于它优于一般黄腐酸，可使植物气孔关闭延续21天，从而减缓土壤水分的消耗速度，改善植株体内水分的平衡，使叶片含水率和水势提高，最终达到减轻干旱和干热风对作物的影响。同时，它还能促使作物根系发达，增强对水分和养分的吸收，可以有效地改善土壤的粒团结构，提高施用无机肥料的利用率；可以增强作物对不良环境的适应能力，减少病虫害……

这些道理并不难懂。但更值得我们关注的是，目前农业生产由于过多地使用化肥，已经给生态环境及人类健康带来严重危害，地力减弱、土壤板结、作物污染、人体病变等等无不与大量使用化肥有关。因而，把它对土地的破坏和环境的污染减少到最低限度，就成为一个刻不容缓的课题。据悉，近年来一些发达国家已禁止在农作物上单独使用化肥，而不惜代价从国外大量进口腐殖酸，以减少化肥造成的危害。而新一代旱地龙的主要原料——从风化煤中提取的腐殖酸，它与土壤腐殖酸的结构、性质及对农业作物的影响是极其近似的。因此，新一代旱地龙是集农家肥之精华，与农家肥有异曲同工之妙的绿色肥料。

面对日益猖獗的旱魔王和日趋严重的环境污染，农业的确需要这种多功能的科技产品，但眼下各种名目的产品实在多如牛毛，真假难分，难怪农民在选用这类产品时，总是小心翼翼，生怕上当受骗。

据报道，1999年春天，河北某地就发生过这样的怪事：一位农民兴冲冲地拿着从市场上买来的旱地龙来到地头，剪开包装却闻到一股难闻的臭味，兑上水喷到庄稼上，很快有的庄稼就被蜇死了。经鉴定，原来这是不法商贩用伪造旱地龙的包装袋灌上污水来骗人的。

山西《运城日报》也揭露了一起仿冒新一代旱地龙的案件。运城市工商局在农资市场上查获150箱仿冒旱地龙产品，当场予以销毁。

真龙洒下及时雨，假龙尾随到各地，一些不法商贩为谋取高额利润，觊觎旱地龙的巨大市场前景，干起骗农、坑农的罪恶勾当，搅乱了正常的市场秩序，使农民蒙受了不应有的损失。

为了对农民负责，国家防汛抗旱总指挥部办公室曾将收集到的旱地龙样品编号送到权威部门检测。一位老教授亲自动手做了检测试验，显示的结果是，二号样品的综合指标明显优于其他几种。二号样品厂家是谁呢？原来就是新疆汇通（集团）股份有限公司生产的甘雨牌新一代旱地龙。市场上的实际应用结果也逐渐分出优劣，脱颖而出的新一代旱地龙，其销量呈明显增长趋势。

其实，新疆汇通腐殖酸旱地龙有限责任公司并没有因此而沾沾自喜，总经理齐蔚榕极其诚恳地说，农民是最注重实际，讲求实效的，产品质量好不好，只能让亿万农民通过实践来认识，来鉴别，去粗取精，去伪存真。

国家防汛抗旱总指挥部办公室对推广“旱地龙”一直十分关注，抗旱处的负责人程殿龙告诉笔者，国家防汛抗旱总指挥部办公室认为，在众多的抗旱非工程措施中，旱地龙是科技含量比较高的一种，不仅能帮助抗旱，而且能促进增产。其应用前景很广阔，各地可通过对比试验，加以推广。但是，这项工作光靠水利部门一家来做是不够的，必须遵循市场规律，依靠竞争机制。谁的产品质量好、谁的性能优、谁的价格低、谁的服务好，谁就能赢得消费者的信赖，谁就能占领市场。

今年，笔者有幸跑遍大半个中国，欣喜地发现，从中国西部起飞的新一代旱地龙，经过广泛的宣传和推荐，正在神州大地为越来越多的农民所认识，所接受，农民称它是新兴的绿色肥料。以前，一些人误以为旱地龙的功能只在抗旱，但在使用过程中却发现它在提高作物产量、改善作物品质、防治土壤板结、抗病害等方面都有意想不到的作用。目睹旱地龙给各地农民兄弟带来的丰收喜悦，你不能不被它所特有的抗旱增产的巨大威力所震撼。

五

一位著名企业家曾经过：未来不可预测，但可以创造。

面对“新一代旱地龙”风靡全国，市场占有率愈来愈高，汇通人并没有停止前进的脚步。他们清醒地看到，在激烈的竞争中，市场瞬息万变，要保持一个新产品的长久的生命力，必须敢于打破常规，不断提高产品的科技含量，不断优化产品结构，增强企业的活力。

有消息说，我国北方自去冬今春以来旱情进一步加剧，多数地区降水较常年同期减少5成以上，部分地区甚至滴雨未下，加上风沙天气影响，致使北方大部分地区出现了进入20世纪90年代以来最为严重的旱情。据国家计委透露，到6月13日，全国农作物受旱面积已达到2.16亿亩（1440万公顷），部分农作物因干旱而枯死。6月19日，国务院召开了抗旱电视电话会议。国家计委根据国务院的统一部署和要求，在紧急调动4亿元资金用于北方13省区抗旱应急工程建设的同时，还特别指出要把推广应用旱地龙作为主要的抗旱措施之一，强调“通过喷施旱地龙等抗旱剂，保证农民口粮生产”。可见，国家和灾区人民对旱地龙寄予何等厚望。

汇通人粗略地算了一笔账：目前旱地龙在全国旱区的推广应用面积尚不足2%，如果全部旱区耕地每年施用一次旱地龙，全国年用量可达几万吨。毋庸讳言的是，当年研制旱地龙的初衷，的确是针对抗旱节水这个目标的，但随着新产品科技含量的增加，它的功能已大大超越了原来的目标，而且实践已经证明，它是一个多功能的植物生长营养调节剂，干旱地区需要它，非干旱地区同样需要它。因而，它的市场潜力之大是不言而喻的。汇通公司深感压力之大、责任之重。他们决心依靠自身的科研力量，生产出符合市场需要的科技含量高的名牌抗旱产品，而且要提供优质的服务。要使汇通成为拥有年产3万吨黄腐酸能力的生产商，在国内独领风骚。与此同时，他们还将充分利用资源优势，拓展黄腐酸的开发空间，发展相关产业，在饮料、花卉肥料和医药制剂方面开发新的系列产品。

——高科技含量的“花之娇”已经研制成功，产品即将投入市场。据说，一些亲近旱地龙的爱花者曾在不经意间试用旱地龙稀释液为花卉浇灌或喷施，却收到了无心插柳柳成荫的效果，花木枝繁叶茂，花朵艳丽芬芳。如今，人们翘首以待的“花之娇”问世了，它将给花木生产商和无数家庭带来更多的惊喜。

——利用腐殖酸的活性物质，为畜牧业发展研制一种新型饲料，一直是科研工作者的心愿，也是牧业工作者和广大牧民企盼已久的事。现在，汇通腐殖酸饲料厂已在筹建之中。

——腐殖酸的药用价值鲜为人知，然而，10年前就已初露端倪。20世纪90年代初，国家卫生部副部长到哈密考察时，对从腐殖酸中提取缓释增效的活性物质和十几种微量元素曾十分关注，经初步试验，不仅可以治疗心血管疾病，而且对癌症有特殊疗效。据说，当时已建起部分厂房，但终因资金短缺而被搁置，汇通决定重整旗鼓，将其列入开发计划。

不久的将来，新疆汇通腐殖酸有限责任公司将成为拥有包括新一代旱地龙在内的四大产品系列的企业，这无疑是汇能集团最高决策层确立的以本部开发为契机，以高科技为主导，通过资本运作，把各种产业联合起来，实现更大跳跃的整体规划的一个重要组成部分。

现代生物技术的发展犹如给人类插上生命的翅膀，为将我们蔚蓝色的星球带入人与自然更高层次的和谐境界开辟了美好的前景。汇通集团面对21世纪的生物科技，展望未来，深感任重道远，他们决心把生命资源的开发提高到一个新的水平，力创属于自己的品牌，让新一代旱地龙掀起的肥料革命席卷神州大地。

从汇通集团总经理那执着的目光中，我们强烈地感受到汇通人对未来的自信，他兴奋地告诉我们，两三年之内，黄腐酸生产将成为汇通的拳头产业，新疆的这一优势资源将更好地为中国科技兴农服务，造福于人类。

成功永远属于那些激情澎湃的开拓者，属于永不满足现状而积极探索的群体。

后　记

我从事报告文学创作始于20世纪80年代初。

随着改革开放大潮的涌动，当时的中国文坛出现了一大批反映现实生活的优秀作品，在社会上产生了前所未有的轰动效应。而报告文学则是其中一支独领风骚的劲旅。许多报告文学作品已超越一般的社会问题、超越普通的歌颂与暴露，而深入更广阔、更深层的人类生存状态，反映了急剧变革的时代风采，因而不仅在阅读上给人以新的愉悦和感悟，而且给读者带来诸多新的思考。

这是新时期报告文学从平面走向立体、从平庸走向深刻的一个重大转折，也是新时期报告文学深受读者欢迎的一个重要原因。

我是在这股潮流的推动下，涌入报告文学的行列之中的。记得当时全国百家文学期刊联合举办的《中国潮》报告文学征文评奖，新疆有三位作家的作品榜上有名。这对新疆的报告文学创作无疑是一个很大的激励和带动。当时我所在的《中国西部文学》(现《西部》)杂志和乌鲁木齐市文联主办的《天山》文学双月刊也分别举办了《丝路新貌》和《野外工作者》征文，对新疆报告文学的繁荣都曾产生过不小的影响。对我个人来说，更具有明显的启示和鞭策意义。

《西部生命的变奏》这个集子是改革开放以来我所写的报告文学作品的一部分，也是第一个选本，写作的时间跨度是40年，其中有的篇章现在来看难免会有一种“时过境迁”的遗憾，但我可以自豪地说，这些为西部开拓者立传、为创业者讴歌的篇章，直到现在，我仍觉得是一个报告文学作家怀着应有的良知和社会责任感，用浓墨重彩为那些在丝绸之路上、在西部大开发中创造了非凡业绩的人们所谱写的一支颂歌。书中所写到的新疆石油、石化工人；兵团的农垦战士、北疆铁路建设者，新疆水利水电的地质勘探者，以及为西部生命科学而孜孜以求的专家学者，他们那种锐意拼搏、甘于奉献、克难制胜的豪迈气概和精神境界，应该说是改革开放以来这一代人最具典型意义的代表。他们都很平凡，但他们身上都洋溢着一种时代的光彩。今天重读这些充满激情的文字，不仅不会产生“时过境迁”之感，相反地，那些已在社会上传为佳话，抑或至今还鲜为人知的故事，依然会让我们心生敬慕，受到强烈的精神震撼。

时间会流逝，而精神是永存的。这就是报告文学的特殊功能和力量。

著名文学评论家雷茂奎说：“这些作品包含着人们灵魂深处的欢乐与悲伤、自豪与隐痛，让读者感受到历史与文学的双重冲击，体验到民族魂、爱国情、人性美的巨大力量。这种在当时被称为‘时代文体’的报告文学，真实地反映了社会特征和时代潮流。是历史的记录，是非虚构的强化与践行，是对生活中重大事件做出的具有深度和广度的认知、思考与评价。”（雷茂奎：《激情年代的心灵曲——读吴连增散文报告文学集〈岁月漫笔〉》）

在选编这个集子时，我对自己所写的报告文学作品进行了认真回顾和重新审视。老实说，对于那些在开发和建设新疆的洪流中的奉献者，生活在社会底层的群体的生存状态，我是有亲身体验和切身感受的，并非靠单纯采访获得的创作灵感。现实生活中，有些题材真正打动了你、感染了你，你必定要去接近他们，了解他们，表现他们。可以说，这个集子中的许多作品都是在生活的触动下，欲罢不能而投入创作的。

我认为，报告文学作家在选材和处理题材时首要的就是坚持真实性与文学性的统一，在根基牢固的前提下，尽可能地拓展艺术的空间，努力增强作品的艺术感染力，而绝不能满足于就事论事、浅尝辄止。唯其如此，才能保持作品拥有长久的生命力。正如一位报告文学评论家所言："今天的报告文学是昨天的历史。"优秀的报告文学作品应该是超越时空的，时间不应该成为与读者交流的障碍。

对于报告文学作家来说，的确存在着如何让作品保持旺盛和长久生命力的问题。而这不仅取决于作家的眼力和功力，也和作家所处的地缘是否具有相对的优势有很密切的关系。在一个社会经济、现代文化都比较发达的地区，报告文学的选材显然要比边远省区更具优势，其作品也更具普遍意义，从而得到更广泛的关注。这虽然不是绝对的，但其客观存在的差异，不能不对我们身居边疆的作家带来一定的难度。在取材上，首先要求我们必须放开眼界，站在一个能够俯视生活的高度，不带任何偏见和功利地考量。然后，我们才有可能从采访到构想、从语言到细节处理做到有的放矢、准确把握。

《西部生命的变奏》，这篇作品酝酿的时间比较长。

在现实生活中，我们常常为新疆的年轻一代从体形到气质都优于其他地区的人而自豪。这绝非孤芳自赏，内地人到新疆，也多有此共识，甚至那些见多识广的作家艺术家，也常为此感慨万端。有一位全国知名作家到新疆采风，当他漫步于乌鲁木齐、伊宁、喀什等城市街头，一下就被美丽帅气的新疆姑娘小伙所倾倒，常驻足欣赏，不忍离去。

全国各地的艺术团体挑选演员、招收学员，民航宾馆选拔空姐、服务员，无不把新疆作为主选地区……

是什么使新疆这块土地上的人如此超群出众，非同一般？我常为此陷入沉思，也时常同友人共同探讨。有人甚至鼓动我就此做一些调研，写一篇报告文学。我真的为之心动了。而当我把这个想法告诉新疆著名文化学者孟驰北老先生时，他更是不遗余力地支持，给我出谋献策，还亲自打电话，介绍他熟悉的专家学者教授，嘱我前往采访。这不仅让我学习和积累了很多相关知识，而且开阔了眼界，为写好这篇报告文学奠定了基础。

这里还应感谢另外一个“老孟”，就是当时《绿洲》杂志主编孟丁山先生。他对这个题材格外青睐，当即拍板要在《绿洲》杂志首发，并在兵团范围内为我物色采访对象，亲自陪同我深入基层。这样的热情和信任，对我是个很大的激励。我必须全力以赴，拿出对这个题材的全部热情，决不能辜负两位老孟的期望。于是我花了近两个月的时间，在乌鲁木齐、五家渠、石河子等地，断断续续走访了科学院、农科院、医学院、儿童医院、妇幼保健站、计生站等。整个采访是一个学习过程，也是一个认识不断深化的过程。

文学评论家王仲明先生认为，这篇作品是作者“报告文学创作的一个转折和突破。是他在文学创作中体现当代科学精神的一个重要实验，是他创作思维的一个新亮点”。他说:“吴连增用形象生动的文字，艺术地触动了生命科学的命题，给读者许多有益的启示和鼓舞。”(王仲明:《历史过滤和生命价值》)

这些评论文字对我既是鼓励，也是一种期待。我原先比较钟情于小说创作，是沸腾的现实生活把我卷进非虚构文体的创作队伍。当时还有一些写诗写散文、小说的作者也迫不及待地加入了这个行列。这不仅壮大了报告文学的创作队伍，而且也给报告文学创作带来一些新的元素。报告文学创作融进小说、诗歌、散文或其他文学样式的艺术表现手法，比如结构、人物、情节、细节、语言等等，这对丰富报告文学创作无疑是一件好事。报告文学既是独立存在的，它又与小说、散文、诗歌，与新闻学、社会学、政治学、文化学等有某种特殊的联系。它靠着文学，又依恋着其他社科领域。所以，报告文学是一个很年轻的文体，亦称“非虚构文体”，它的确蕴藏着极大的生命活力，具有广阔的前景，值得我们不懈地探索和实践。

我认为，艺术层面的诸多技巧问题固然需要认真探讨，但如何让报告文学从平面走向立体，既贴近现实生活，又为推动现实生活提供更多的思考和启示，也许是更为重要的。

新时代向报告文学作家提出更高的要求。如今，我们所面对的现实生活更加立体化，更加波澜壮阔。报告文学应该更加多侧面多角度地反映生活。要开拓新的生活领域，投身到新时代的激流中。特别要关注“一带一路”的新浪潮，新壮举。在新疆，就要写好新疆故事，奏响“一带一路”的最强音。

为人民立言，为时代立传，永远是报告文学作家义不容辞的责任。